Traumgeister des Grenzlandes
Kurzgeschichten

Für Annette

Heinz-Theodor Gremme

Traumgeister des Grenzlandes

Kurzgeschichten

Bibliografische Information der Deutschen National-bibliothek:
Die Deutsche Nationalbibliothek verzeichnet diese Publikation in der Deutschen Nationalbibliografie; detaillierte bibliografische Daten sind im Internet über http://dnb.dnb.de abrufbar.

Herstellung und Verlag: BoD – Books on Demand, Norderstedt

ISBN: 9783734768620

Inhaltsverzeichnis

Vorwort

Seit über 23 Jahren gibt es sie nun, die Multimedia-Autoren-Lesungen am Kamin in Datteln. In der Zeit sind viele Geschichten geschrieben und dort vorgelesen worden. Ein paar davon aus meiner Feder möchte ich in diesem Büchlein veröffentlichen. Einige davon sind auch schon früher in den Büchern „Ta`Saghi", „Wenn die Grenzen zerfließen", „Schmunzelhorror am Kamin" und „Tagträume am Kamin" erschienen. Auch in sogenannten Lesungsausgaben, die nur bei unseren Lesungen erhältlich waren (ohne ISBN), sind einige Geschichten, die Sie nun in diesem Büchlein finden, abgedruckt worden. Einige stammen noch aus der Zeit, als ich für eine Tageszeitung geschrieben habe – in der Zeit musste ich jeden Tag, außer sonntags, eine Geschichte abliefern. Dort war ich alleiniger Geschichtenlieferant und habe unter vier verschiedenen Pseudonymen geschrieben. Das war eine sehr schräge Zeit. Ich wünsche Ihnen nun viel Spaß und kurzweilige Momente mit meinen kleinen sehr unterschiedlichen Geschichten. ☺

Ta' Saghi

Prolog:

... in den Grotten der Felsen flackerte Kerzenlicht und ein vertrauter, liebevoller Gesang wie von vielen kleinen und doch machtvollen Stimmen floss aus den Höhlen ...

... der uralte Zauber der Ta' Saghi jagte durch die Schluchten und Grotten... fegte in magischen Spiralen die Felsen empor ... fest verbunden mit diesem Ort ...

... die Menschen, die von diesem Ort angezogen wurden, konnten diese Kraft fühlen, obwohl viele nicht einmal ahnten, was hier geschehen war ...

„Auch am Nachmittag sonniges Herbstwetter mit Temperaturen bis zu 22 Grad. In der kommenden klaren Nacht sinkt das Quecksilber auf 8 bis 6 Grad. Morgens verbreitet Frühnebel, danach überwiegend heiter bei Temperaturen zwischen 18 und 20 Grad. Und die weiteren Aussichten: Das sonnige Herbstwetter bleibt uns noch einige Tage erhalten, es wird aber merklich kühler. - Und nun der Verkehrslagebericht: Stau und zähfließenden Verkehr meldet die Polizei von folgenden Autobahnen und Fernstraßen ...“
Darius hörte sich noch die Verkehrsnachrichten an – seine Fahrtroute war nicht von Staus betroffen – und

schaltete dann auf Verkehrsdecoder um. Das Autoradio verstummte.

Dieser Ausflug war seit langer Zeit die erste Aktivität, die er sich gönnte und auf die er sich schon eine ganze Weile gefreut hatte. Das Wetter konnte gar nicht schöner sein, und die kommende Nacht würde eine klare und keinesfalls irgendeine Vollmondnacht werden.

Darius' Gedanken glitten zurück in die Vergangenheit: Alina hatte ihn einfach kaltherzig abserviert, ohne ihm auch nur die geringste Chance zu lassen! Sie hatte ihn eines Abends telefonisch darüber informiert, dass sie sich in einen anderen verliebt hätte. – Feige war sie auch noch: Am Telefon muss man niemandem in die Augen sehen.

Sicher, Darius war auch mal „fremdgegangen", weil es zwischen Alina und ihm ziemlich gravierende Spannungen gab, aber Alina hatte eine Chance gehabt, die sie auch wahrgenommen hatte, genau wie Darius eine Chance wahrgenommen hätte – aber er hatte keine bekommen. Einen simplen Seitensprung hätte er ihr sicher verziehen, obwohl sie ihm sehr weh damit getan hätte. Aber das hier war das sofortige und absolute Ende ohne Ultimatum – keine einfache Retourkutsche.

Es hatte Darius im Innersten verletzt. Von diesem Ereignis überrannt und mit einer noch nie so schlimm empfundenen Trauer in der Seele hatte er damals auf einer Bank in der Fußgängerzone seiner Heimatstadt gesessen. Alina war seine ganz große Liebe gewesen, war es immer noch. Um ihn herum hatte hektisches Treiben geherrscht, aber er hörte und sah das alles nicht. Das Einzige, was in sein Bewusstsein gedrungen war, war das dumpfe Dröhnen einer Trommel gewesen – einer indianischen Trommel, ein ruhiger dunkler Klang.

Darius hatte hochgeschaut und tatsächlich saß auf der anderen Straßenseite ein farbenprächtig gekleideter Indianer mit einem kantigen, aber sehr vertrauenswürdigen Gesicht und gebräunter Haut. Er hatte Darius direkt in die Augen gesehen und dabei seine Trommel geschlagen. Darius hatte noch andere Indianer durch die Fußgängerzone ziehen sehen. Einige Plakate hatten die Vorführung von indianischen Tänzen und Musik auf dem Marktplatz verkündet. Sein Gegenüber war langsam aufgestanden und zu ihm herüber gekommen, hatte sich einfach neben Darius gesetzt und mit einer sehr angenehmen dunklen Stimme gesagt: „Du trauerst um eine mächtige Liebe."

Darius hatte erstaunt gestammelt: „Sieht man das?"

Der Indianer hatte nur gelächelt: „Den Schrei deiner Seele hört man bis zum Mittelpunkt der Erde!"

Darius hatte nur genickt und Tränen waren ihm in die Augen gestiegen.

„Am Ende einer mächtigen Liebe hast du nur eine Möglichkeit: Du musst durch die leeren Räume deiner Seele wandern ... durch die heilende Stille gehen ... die große und mächtige Musik der Sterne hören ... nur dann kann dir der Mensch begegnen, der dein Schicksal ist ... den du schon immer suchst ... sie ist dir noch nicht begegnet, obwohl du es oft geglaubt hast. Gehe durch die leeren Räume deiner Seele ... säubere sie von allen Resten der Vergangenheit ... stelle dich dem Nichts ... jeder, der das nicht tut, wird den ihm bestimmten Menschen niemals finden, auch wenn es so scheint, es ist niemals von Dauer ... und dann besuche den Mittelpunkt der Erde, mein Freund."

10

So hatte der Indianer mit ruhiger Stimme gesprochen und einen einfach aussehenden Stein mit einem Mondsymbol auf der Vorderseite an einem Lederband um Darius' Hals gehängt.

Danach hatte er ihm den Weg zum Mittelpunkt der Erde erklärt, und Darius war nicht nur darüber erstaunt, dass dieser Ort für die Indianer auf der Erdoberfläche zu finden war, sondern dass er diesen Ort bereits kannte. Als Kind war er schon mal dagewesen und bereits damals hatte ihn dieser Ort fasziniert. Der Mittelpunkt der Erde war für Darius gar nicht mal so weit weg und durchaus erreichbar....

Darius' Gedanken wurden vom Autoradio wieder in die Gegenwart geholt: Staumeldungen, die ihn wieder nicht betrafen. Ja, er hatte die leeren Räume seiner Seele durchwandert ...

Tage ...

Nächte ...

Wochen ...

Monate ...

und heute war der Tag, den der Indianer ihm als den „Tag der Ta' Saghi" genannt hatte. Die Ta' Saghi ist eine unsterbliche Wesenheit, welche im Körper eines auserwählten Menschen alle 200 Jahre einmal am Mittelpunkt der Erde in Erscheinung tritt und eine die Seelen heilende, friedenbringende, liebevolle Woge weit über das Land treiben und Suchende finden lässt.

Astronomisch konnte der Zeitpunkt nach den Angaben des alten Indianers sogar genau bestimmt werden. Genau bei der Deklination Null, die dem Himmelsäquator entspricht, würde heute Abend um 22.17 Uhr der Vollmond genau zwischen zwei bestimmten und ganz besonderen Felsen auf einen heiligen Ort strahlen und auf die Ta' Saghi. Gestern hatte der Saturn direkt unter dem fast vollen Mond gestanden, auch das hatte der Indianer damals angekündigt.

Darius verließ die Autobahn. Es war nun Viertel vor Drei und er würde in etwa 30 Minuten sein Ziel erreichen.

Als er im Dorf angekommen war und vor einem kleinen Gasthof aus dem Auto stieg, umfing ihn warme, klare Herbstluft. Er fragte die freundliche Gastwirtin nach dem Weg zu seinem Zielpunkt. Sie lächelte wissend und sagte: „Die Indianer sagen, heute sei die Nacht der Ta' Saghi."

Ein Schauer durchlief Darius, als die Frau dies sagte und ihm den Weg auf einer sehr genauen Landkarte zeigte. Den Nachmittag verbrachte er im Garten des Gasthofes mit der Lektüre eines Buches über den Ort, den er gleich aufsuchen würde. Es beleuchtete nur wenige Geheimnisse dieses uralten, magischen und zugleich heiligen Ortes.

Als die Dämmerung hereinbrach, ging Darius in die Gaststube, um noch ein Abendessen einzunehmen. Als er sich gegen 20 Uhr, gehüllt in eine warme Jacke, bewaffnet mit der Landkarte und einer starken Taschenlampe auf den Weg machte, war es bereits dunkel und der Vollmond drang mit seinem bleichen, silbernen Licht durch die Bäume und beleuchtete schwach den schmalen Waldweg.

Darius beschloss, die Taschenlampe nur im Notfall zu benutzen, und ließ sie griffbereit in seiner Jackentasche. Rechts neben dem Weg spiegelte sich der Mond in der vom Wind leicht bewegten Wasseroberfläche eines kleinen Sees. Kaum merklich stieg der Weg an. Die Bäume standen hier dichter und in der Ferne konnte Darius plötzlich einen ihm wohl vertrauten

12

Klang hören, den Klang einer indianischen Trommel, die beruhigend und dunkel den Wald durchdrang.

An einer Weggabelung musste Darius nun doch die Taschenlampe benutzen, um sich nach einem Blick auf die Karte für den linken Weg zu entscheiden. Weit vor sich sah er helles Mondlicht. Seine Augen hatten sich schon gut an die Dunkelheit gewöhnt, so dass ihm das Licht des Mondes als sehr hell erschien. Es waren vielleicht noch fünfzig Schritte bis zum Waldrand. Ohne vorher auch nur das geringste Geräusch wahrgenommen zu haben, hörte er plötzlich neben sich eine vertraute Stimme sagen: „Da bist du ja, mein Freund!"

Zwei Schritte neben ihm stand der alte Indianer. Diesmal trug er jedoch keine indianische Kleidung, sondern eine blaue Jeans, ein kariertes Flanellhemd, dessen Farbe bei dem schwachen Licht nicht zu bestimmen war, und eine gefütterte Steppjacke ohne Ärmel.

Er lächelte und sagte: „Mein Name ist nicht so wichtig, gleichwohl sollst du ihn wissen. Ich bin Antehnu."

Darius war erstaunlicherweise gar nicht erschrocken, dass Antehnu so plötzlich wie aus dem Nichts aufgetaucht war. Er lächelte einfach nur zurück.

Gemeinsam gingen sie den Weg hinunter auf den nahen Waldrand zu. Hinter den Bäumen wurde es nun merklich heller, eine große weite mondbeschienene Grasfläche musste hinter den Bäumen liegen.

Antehnu sagte zu Darius: „Schließe jetzt deine Augen und öffne sie erst wieder, wenn ich es sage. Und noch eines merke dir gut: Du kannst in dieser Nacht nichts falsch machen. Denke daran, ganz gleich, was auch immer geschehen wird."

Darius schloss die Augen und ließ sich von Antehnu bis auf die Grasfläche direkt hinter dem Waldrand führen. Er konnte hinter den Augenlidern das Mondlicht wahrnehmen.

„Wenn du bereit bist", sagte Antehnu, „dann öffne deine Augen!"

Ein merkwürdiges Vibrieren drang durch Darius' Füße in seinen Körper und breitete sich dort in jeder Zelle aus. Es war wie ein elektrisches Prickeln, und er hatte das Gefühl, mit seinen Füßen nicht richtig den Boden zu berühren. Er nahm nun all seinen Mut zusammen und öffnete die Augen.

Es ist nicht einfach zu beschreiben, was Darius nun sah, hörte und spürte. Zwei Ereignisse geschahen gleichzeitig in dem Moment, als er die Augen öffnete: Darius hörte ein dunkles, sehr intensives, warmes, erdiges Summen. Es war überall. Er badete darin. Es kam von den Sternen, aus den Felsen und aus der Erde. Ein summender, vibrierender Erdton wie von Millionen dunkler, warmer Stimmen.

Darius hielt sich vorsichtig die Ohren zu, aber das Summen war trotzdem noch da. Er hörte es nicht über seine Ohren, es war in ihm. Gleichzeitig sah er sie und zur selben Zeit mit dem Beginn des Summens nahm er das überwältigende, gigantische Panorama der hohen Steine und Felsen wahr. Darius stand auf einer weiten, mondbeschienenen Grasfläche. In weniger als zweihundert Metern Entfernung ragten sie auf, die Sternengöttersteine.

Darius hatte in seinem Buch bereits ein Bild davon gesehen, aber das war bei Tageslicht aufgenommen worden und eben nur ein Foto. Aber das hier ... fast zu viel für menschliche Sinne. Die Felsen schienen genau wie alles andere um ihn herum den Erdton zu summen, beschienen von Mondlicht. Rechts, ein Stück noch in einem großen Waldsee stehend, ragte der erste Felsen in den Himmel. Links davon reckte sich der Turmfelsen mit der Sonnenkammer auf seinem Gipfel in die sternklare Nacht.

Noch etwas weiter links in der gleichen Reihe der dritte Felsen, durch einen breiten Weg vom vierten Felsen getrennt, auf welchem ganz oben, deutlich gegen das Mondlicht zu erkennen, der riesige Wackelstein hing. Darunter der hängende steinerne Gott Odin. Hinter dem fünften Felsen versteckten sich noch eine große Anzahl weiterer Felsen im angrenzenden, hügeligen Wald.

Und alles summte tief im Innern das Lied der Erde. Es dauerte eine Weile, bis Darius seine Beine bewegen konnte und zusammen mit Antehnu langsam über die Grasfläche, auf der nur ein einziger großer Baum stand, auf den ersten Felsen und das Ufer des Sees zuging. Darius bemerkte, dass sie nicht allein waren, von überall her kamen Frauen und Männer, ganz junge, junge und alte, sternförmig auf den Felsen zu. Am Fuße des Felsens erkannte Darius das Bogengrab.

Davon war in seinem Buch auch ein Foto gewesen. Das Grab bestand aus einem kuppelartigen Felsen mit einer Bogenöffnung vorn, in dessen unterem Sockel ein steinerner Sarkophag in Menschenform eingearbeitet war. Dieser Sarkophag war allerdings nie für Tote erbaut worden, sondern für lebende Menschen, die dort besondere Kräfte empfangen konnten.

Rechts und links des Grabfelsens befanden sich ausgetretene Reste von Stufen, die zu einer kleinen Plattform auf dem Grabfelsen führten. Antehnu stand neben Darius und sagte: „Wenn die Zeit gekommen ist, wird der Mond genau zwischen dem Wackelstein auf dem vierten Felsen und der Felswand des ersten Felsens durchscheinen. Der Mond scheint dann genau oben auf den Grabfelsen und dort wird die Ta' Saghi in diese Welt treten."

Darius erschauerte bei diesen Worten und sah auf die Uhr. Das Ereignis würde in genau 14 Minuten stattfinden. Darius betrachtete die anderen Menschen um ihn herum. Nur manchmal hörte er leise Worte, alle schienen das Summen der Sterne, der Felsen und der Erde zu hören, und alle schienen mitzusummen.

Darius' Blick wurde von einer jungen Frau angezogen, die ganz in ein langes, strahlend weißes Gewand gehüllt war. Ihr ebenmäßiges, ausdrucksstarkes Gesicht wurde von hüftlangen, dunklen, lockigen Haaren umrahmt. Sie war wunderschön. Sie sah Darius lange schweigend aus tiefdunklen Augen an, nur wenige Schritte von ihm entfernt.

Und plötzlich wusste Darius, was zu tun war: Er ging auf sie zu und hörte seine eigene Stimme sagen: „Geh nach oben auf den Grabhügel, ich helfe dir dabei."

Sie sah ihn erschrocken an: „Das kann ich nicht", sagte sie ängstlich mit einer leisen Stimme, die ihn tief in seiner Seele anrührte.

„Doch, du kannst es", hörte Darius seine eigene Stimme sagen.

„Mach es einfach. Auch du kannst in dieser Nacht nichts falsch machen." Er nahm sie bei der Hand und führte sie die Stufen hinauf. Oben auf der Plattform drehte er sie mit dem Gesicht in Richtung Wackelstein. Der Mond war nur noch zweimal die Breite seines eigenen Durchmessers vom Wackelstein entfernt. Zwei Minuten würde der Mond benötigen, um einmal unter seiner eigenen Scheibe hervorzuwandern und in knapp vier Minuten würde er hinter dem Wackelstein verschwinden. Darius hielt die Frau sanft an ihren Armen und fragte: „Wie ist dein Name?"

„Kirana", flüsterte sie.

„Dir kann nichts Böses geschehen, Kirana", sagte Darius mit ruhiger Stimme.

Sie sah ihn mit ihren wunderschönen Augen, in denen sich nun der Mond spiegelte, an und flüsterte: „Ich habe Angst ...“

„Ich auch ...“, sagte Darius nur und ging die Stufen hinab.

Unten erwartete ihn Antehnu, nickte ihm ermutigend zu und sagte: „Deine Wahl war gut.“

Der Mond war nun hinter dem Wackelstein verschwunden, und wenn er auf der anderen Seite wieder hervortreten würde, zwischen dem Stein und der Felswand, dann würde die Zeit gekommen sein. Auf der rechten Seite des Wackelsteins nahm nun die Helligkeit zu und die Sichel des Mondes schob sich hervor, wurde rasch größer, und als die volle Mondscheibe erstrahlte, geschah es: Ein heller triumphaler Ton, wie von Tausenden Instrumenten eines kosmischen Orchesters, ließ das allgegenwärtige Summen eine Oktave höher klingen.

Kirana breitete die Arme aus und erstrahlte blendend hell in weißem Licht, welches den Augen nicht wehtat. Aus sich selbst heraus leuchtete sie. In ihrer unmittelbaren Nähe schien es keine Schwerkraft mehr zu geben, denn ihre langen Haare umwehten ihren Körper und Kopf wie im Wind.

Kiranas Gewand wehte langsam, als ob auch die Zeit anderen Gesetzen unterlag in diesem Wind aus uralter Zauberkraft. Sie öffnete die Lippen und begann, mit einer kristallklaren, silbernen, in jeden Winkel der Räume der Seele eindringenden Stimme das alte indianische Lied der Erde zu singen. Niemals im Leben zuvor hatte Darius eine solch reine, anmutige und doch mächtige Stimme gehört. Sie verströmte Liebe, Wärme und Frieden und ein nie gekanntes Gefühl von Geborgenheit.

Weit über das Land, die Felsen, den Wald und die Hügel trug ihre Stimme die Kraft der Liebe, des Erkennens und des sich Wiederfindens zu den schlafenden Menschen. Zeit verlor ihre Bedeutung. Alle Menschen an und um die hohen Steinen standen tränenerfüllt mit weit offenen Sinnen da und empfingen die Kraft der Ta' Saghi ...

Es war ganz plötzlich zu Ende, als der Mond hinter der Felswand verschwand. Antehnu stand hinter Kirana, als sie wie tot in sich zusammensank. Er fing sie mit kräftigen Armen auf, trug sie die Stufen hinunter und legte sie Darius mit den Worten in die Arme: „Du bist in dieser Nacht für sie verantwortlich. Gib ihr deine Wärme, sonst stirbt sie. Sie hat fast all ihre Kräfte verbraucht."

Kiranas Körper dampfte leicht in der Kühle der Nacht. Es herrschte völlige Stille. Das Summen war verstummt ... nein, es war nur ganz leise.

„Folge der Trommel und gehe in dein Leben", sagte Antehnu und ging auf den Wald zu.

Wortlos folgten auch die anderen Menschen seinem Beispiel. Da stand Darius nun, auf seinen Armen trug er Kirana, die nur noch flach atmete. Er bekam Angst ... eine Riesenangst, sie könnte sterben. Er hörte die Trommel und stieg mit Kirana in die Hügel. Er musste aufpassen, nicht zu stürzen. Nach wenigen Minuten erreichte er eine große Felsmulde hoch auf einem Hügel über der großen Grasfläche, auf der nur ein einziger Baum stand.

Der Indianer, der die Trommel schlug, erhob sich, verneigte sich leicht und ging fort. In der Mulde entdeckte Darius ein warmes Lager aus vielen weichen Felldecken und eine Kanne mit einem heißen, duftenden Getränk. Er bettete Kirana auf die weichen Felle und deckte sie warm zu, rieb ihre Hände und danach ihre Füße warm. Mit einem tiefen Einatmen kam Kirana in diese Welt zurück und richtete sich ganz plötzlich auf – erblickte Darius' tränenüberströmtes Gesicht, fiel ihm um den Hals und weinte und schluchzte erleichtert, so als fiele eine mächtige Spannung von ihr ab.

Darius goss die heiße Flüssigkeit in eine Tonschale und ließ Kirana viel davon trinken. Erst nachdem sie nicht mehr zitterte, nahm auch er einen großen Schluck davon. Das Getränk tat Kirana und ihm gut, es weckte die Lebensgeister auf wundersame Weise. Kirana und Darius vergruben sich in den warmen, weichen Felldecken und halfen sich gegenseitig zärtlich und liebevoll aus ihrer Kleidung.

Erst jetzt bemerkte Darius, dass sie einen einfach aussehenden Stein mit dem Symbol der Sonne auf der Vorderseite an einem Lederband um den Hals trug. Über ihnen ein strahlend schöner Sternenhimmel, wie man ihn in den Städten gar nicht mehr beobachten kann. Ganze Schwärme leuchtender Sternschnuppen fielen vom Himmel, als sie sich innig und leidenschaftlich liebten.

In der Morgendämmerung standen sie gemeinsam auf, zogen sich an, gingen langsam hinunter vor die Felsen über die große Grasfläche. Am Waldrand drehten sie sich noch einmal zu den hohen Steinen um, die dort von dichtem Bodennebel umgeben von den ersten

Sonnenstrahlen der aufgehenden Sonne umspielt wurden.

In den Hügeln war wieder der dunkle, ruhige Klang der Trommel zu hören. Schweigend sahen sich die beiden an, ihre kleine warme Hand in seiner gingen sie den Weg durch den Wald am unteren See vorbei zu dem kleinen Gasthof, an dem Darius sein Auto geparkt hatte. Sie fuhren dem Sonnenaufgang entgegen, wieder zurück in ihre Welt, in die Welt des Alltags, und viele Menschen, die ihnen in den nächsten Wochen und Monaten begegneten, fanden kurz darauf den Menschen, der für sie bestimmt war.

Epilog:

Darius besuchte den Mittelpunkt der Erde zwei Monate später noch einmal ... früh morgens, als es noch völlig dunkel war ... ganz leise war es nun nur noch ... das warme Summen der Erde und der Steine ... und nur in den Minuten des ersten Lichtes des Tages war es etwas stärker ... in den Grotten der Felsen sah Darius Kerzenlicht schimmern und ein ihm so vertrauter, liebevoller Gesang wie von vielen kleinen und doch machtvollen Stimmen floss aus den Grotten ...

Im ersten zarten Licht stieg Darius die vielen Stufen zum Grottenfelsen hinauf ... dort oben brannten drei rote Windlichter ... ein friedvolles Gefühl der Zuversicht durchströmte Darius, als er hinunter auf die große Ebene blickte, auf der nur ein einziger großer Baum stand, der nun kein einziges Blatt mehr trug. Der uralte Zauber der Ta' Saghi jagte durch die Schluchten und Grotten ... fegte in magischen Spiralen die Felsen empor ... fest verbunden mit diesem Ort ...

Die Menschen, die von diesem Ort angezogen wurden, konnten diese Kraft fühlen, obwohl viele nicht einmal ahnten, was hier geschehen war ...

Der Baum

Fast ein halbes Jahr war er nun ganz allein hier im tropischen Regenwald, mitten in einem der größten Sumpfgebiete der Erde. Niemals wurde hier etwas richtig trocken. Ganz am Anfang des Forschungsprojekts war noch ein Kollege mit in der Station gewesen, aber nachdem die ersten Forschungsergebnisse nicht sehr vielversprechend waren, hatte man ihn aus Kostengründen nach drei Monaten wieder abgezogen. Auch Andy würde in drei Wochen wieder zu Hause sein, obwohl seit einigen Tagen etwas vorging, auf das er sich noch keinen Reim machen konnte.

Der Forschungsauftrag bestand darin, herauszufinden, wie die Vegetation des Regenwaldes auf veränderte Klimabedingungen reagieren würde. Längst hatten die Menschen aufgehört, den Regenwald abzuholzen. Er musste nun dringend als Sauerstofflieferant geschützt werden, aber keiner hatte bisher einen brauchbaren Plan.

Andy begann seinen Kontrollgang durch die Station. Durch eine Sicherheitsschleuse gelangte er in ein riesiges Gewächshaus von fast einem Kilometer Durchmesser, dessen Kuppeldach aus Kunstglas von einer neuartigen Metallkonstruktion mit nur einem Stützpfeiler in der Mitte getragen wurde. Hier, in diesem riesigen Biotop, wuchsen die gleichen Bäume und Pflanzen wie draußen in der Natur, nur mit dem Unterschied, dass man es hier zu geregelten Zeiten regnen lassen konnte. Und auch die Temperatur konnte beliebig verändert werden.

Andy liebte Bäume über alles. Vor einem merkwürdigen Baum, dessen Borke über und über mit einem weichen, samtigen, hellgrünen Moos bewachsen war, blieb Andy stehen. An den Zweigen waren kleine Sensoren befestigt, deren Verbindungskabel in einem Verteiler endeten. Von dort aus gingen die Messergebnisse direkt in den Zentralrechner des Labors. Andy legte vorsichtig beide Hände auf die seltsame Moosrinde des Baumes.

Sie fühlte sich warm an – genauer gesagt waren es 36,8 Grad Celsius und genau das war es, was ihm seit einigen Tagen Kopfzerbrechen machte, denn alle anderen, äußerlich völlig gleich aussehenden Bäume hatten eine konstante Temperatur von 28,4 Grad Celsius. Die Temperatur des Baumes war langsam angestiegen und seit drei Tagen konstant. Andy fühlte sich auf eine seltsame, fast geheimnisvolle Art und Weise von diesem Baum angezogen. Heute berührte er ihn fast zärtlich. Andy hielt inne, denn er spürte durch die warme, weiche Rinde ein rhythmisches Pulsieren.

Plötzlich riss ihn das Schrillen der Alarmanlage aus seiner Berührung. Eine monotone Computerstimme ertönte aus den überall unter der Kuppel verteilten Lautsprechern:

„Nicht identifizierbare Impulse in Objekt 108 gemessen – verlassen Sie sofort die Kuppel!"

Dieser Satz wurde vom Computer pausenlos wiederholt. Andy lief, so schnell er konnte, zur Schleuse zurück. Minuten später saß er am Kontrollmonitor des Zentralrechners. Auf dem Bildschirm war etwas zu sehen, das ihn an die Kurven menschlicher Hirnströme erinnerte.

Hastig tippte Andy über die Videokontrolle die Objektnummer 108 ein und augenblicklich erschien sein Lieblingsbaum auf dem Überwachungsbildschirm. Eine deutlich erkennbare Veränderung war mit ihm vorgegangen. Der Baum leuchtete aus seinem Innern in einem goldenen Licht.

Plötzlich riss die Rinde auf und eine menschliche Gestalt fiel förmlich aus dem Baum auf die Erde und blieb leicht dampfend regungslos im Gras liegen. Der Baum selbst verdorrte innerhalb weniger Augenblicke zu einem dürren, trockenen Gebilde. Das Ganze schien so unwirklich, dass Andy zunächst an eine Sinnestäuschung glaubte, denn er war nun schon sehr lange allein und das konnte seltsame Dinge zur Folge haben.

Er stellte die Überwachungskamera direkt auf das menschlich wirkende Etwas im Gras ein und tippte eine vierfache Vergrößerung in den Rechner. Die Kamera führte den Befehl aus und zog noch die Schärfe nach. Andy stockte der Atem: Es war tatsächlich ein Mensch, unbekleidet und eindeutig weiblich. Der Zentralcomputer konnte die fremden Signale weder als pflanzlich, noch als menschlich einordnen und tat, was er seiner Programmierung nach tun musste: Er setzte den Selbstzerstörungsmechanismus in Gang. Entsetzt sah Andy auf den Monitoren, wie sich die Zünder der vier Thermobomben im Fundament der Anlage scharf machten und der Monitor des Zentralrechners die noch verbleibende Zeit bis zur Explosion anzeigte: In genau neun Minuten und fünfzig Sekunden würde hier nur noch ein tiefer, sich langsam mit Wasser füllender Krater sein.

Für den nun eingetretenen Störfall waren aus Sicherheitsgründen keine Überlebenden vorgesehen. Um zu Fuß einen ausreichenden Sicherheitsabstand zu gewinnen, benötigte man mindestens eine Stunde Zeit, und ein Fahrzeug gab es nicht. Andy war damals mit einem Hubschrauber gebracht worden.

Andy schlug in seiner Hilflosigkeit auf die Kontrollen ein, aber das nützte nichts mehr. Der Computer nahm in dieser Phase keine Befehle mehr an. Andy stürzte zur Schleuse, die sich mit dem Handrad nur noch mühevoll öffnen ließ, rannte zur Mitte der Kuppel und beugte sich über das, aus der Nähe betrachtet, wunderschöne, junge Mädchen, dessen hellgrüne Haare bis weit über seine Hüften hinunterreichten.

Er bettete die Bewusstlose auf seine Arme und rannte mit ihr, so schnell er konnte, zu Schleuse 2, die nach draußen in den Regenwald führte. Dort befanden sich in zweihundert Metern Entfernung die Hubschrauberplattform und darunter der Raum mit dem Stromgenerator. Vielleicht konnten die beiden darin die fürchterliche Detonation überleben.

Der Weg durch den Wald war mühsam und im Mondlicht konnte Andy nicht viel erkennen. Ein Blick auf die Uhr verriet ihm, dass sie den Wettlauf mit der Zeit bereits verloren hatten; der Generatorraum war noch einhundert Meter entfernt und bis zur Explosion blieben noch fünfzehn Sekunden.

In diesem Augenblick öffnete das Mädchen auf seinen Armen die Augen, wunderschöne grüne Augen! Sie schienen in seinen panischen Gedanken zu lesen. Andy spürte nur noch Liebe zu diesem Mädchen. Dann war es, als bliebe die Zeit stehen. Die Außenwelt versank und als sie wieder auftauchte, fühlte Andy den Wind in seinen Zweigen, spürte seinen starken Stamm und seine kraftvollen Wurzeln. SIE stand nahe neben ihm und ihre Wurzeln berührten sich zärtlich. In einigen Kilometern Entfernung ging für einen Moment eine künstliche Sonne auf und einige Tage später gab es einen neuen See im Regenwald.

Traumgeister des Grenzlandes

In den nächtlichen Dünen tanzten und wisperten die Sandteufel zur Musik des Windes zusammen mit den Meer- und Nebelgeistern. Ein großer weißer Nachtvogel flog vom Meer auf den Strand zu ...

Melvin betrachtete den schönen alten Kompass, den er einst von seinem Vater bekommen hatte. Nach einer Weile klappte er ihn zu und verstaute ihn wieder in seinem Umhang. Er brauchte diese Navigationshilfen vorerst nicht mehr, denn er hatte sein Ziel erreicht. Nach der ermüdenden, mehrtägigen Wanderung durch die Ebene von Arahnes war Melvin endlich in Terramaris angelangt.
Die späte Nachmittagssonne tauchte den kleinen Ort, die Bucht und das Meer in warmes, goldenes Licht. Melvins staubiger Umhang wehte im frischen Seewind. Terramaris ... dieser Ort trug seinen Namen nicht zufällig. Ein seltsamer Zauber ging von dieser Gegend aus, und er war Gesprächsstoff in so manchen Gasthäusern und an den Lagerfeuern der Reisenden. Auch die alten Märchenerzähler im Land Arahnes berichteten auf den Marktplätzen, in den engen Dorfgassen und in den Herbergen vom mystischen Zauber dieser Gegend.
Als Melvin eine einfache Unterkunft gefunden hatte, lauschte auch er am Abend in der Gaststube der alten Marjo, der Frau, die schon so manchen Schmerz des Herzens mit ihren Worten hatte lindern können. Es

war ganz still in der kleinen Gaststube, die durch viele Öllampen in warmes Licht getaucht war. Gut ein Dutzend Frauen und Männer, junge und alte, hingen gebannt an Marjos Lippen, als sie mit einer angenehm dunklen Stimme sprach:

„... manchmal gehört es dem Meer und dem Sturm, manchmal den Vögeln, dem Wind und der Sonne, manchmal, an ganz besonderen Tagen, gehört es den Sandteufeln, den Meer- und Nebelgeistern, und in manchen Nächten gehört es den Traumgeistern des Grenzlandes, die dir einen kurzen, intensiven Blick auf das Wesentliche gestatten, – als Gastgeschenk ...“

Melvin durchlief ein Schauer bei Marjos Worten und er konnte fast spüren, dass es den anderen genauso ging. Jeder, der nach Terramaris kam, kam nicht ohne Grund: Jeder war hier auf der Suche nach einer Antwort auf die Frage WARUM?! Der eine, weil er einen lieben Menschen verloren hatte, der andere, weil er unheilbar krank geworden war. Manch einer fragte sich, warum er trotz aller Anstrengungen arm blieb, während andere ohne Mühe zu Reichtum und Anerkennung kamen.

Auch die Frage, warum er oder sie hässlich und der Nachbar oder die Nachbarin viel schöner, begehrenswerter war, quälte so manche Frau und so manchen Mann. Sie alle kamen nach Terramaris und jeder bekam hier eine Antwort – jeder auf die Weise, die für ihn oder sie die richtige war.

Melvin war natürlich auch nicht ohne Grund hier: Er hatte bisher noch nicht die Frau seines Herzens gefunden – obwohl er es bereits mehr als einmal geglaubt hatte. Das hatte viele Narben auf seiner Seele zurückgelassen und er glaubte fest daran, dass er zu den Menschen gehörte, die ihr „Gegenstück“ niemals finden würden und ein Leben lang dazu verdammt waren, unglücklich zu sein. Seit Jahren lebte er mit dieser vermeintlichen Erkenntnis zurückgezogen als Einsiedler in einem alten Haus in den Graslanden von Boorkhanien. Er konnte sein Herz einfach nicht mehr öffnen – zu groß war seine Angst, aufs Neue verletzt zu werden. Schlimmer noch: Nach einer Weile empfand er nur noch Kälte und Hass in seinem Herzen.

Als am nächsten Abend die Sonne als glutrote Kugel im Meer versank, waren nur noch wenige Menschen am Meer. Die meisten saßen in den Herbergen des Dorfes, aßen und tranken und wärmten sich in der schnell kühler werdenden Luft an Kaminfeuern bei Tee und dem die Lebenskräfte weckenden einheimischen Punsch, dessen Zutaten kein Wanderer jemals hatte herausfinden können. Melvin hingegen saß lange an einen großen Felsen gelehnt und sah auf den orangeroten Sand des Strandes und das hier fast kobaltblaue Meer hinaus. Ein leichter Wind kam auf und plötzlich konnte er in der Ferne ein seltsames Tönen und Klingen hören.

Es war zunächst ganz leise, ein dunkler kehliger Ton, begleitet von etwas höheren geheimnisvollen, seltsam anziehenden Klängen, so als ob der Wind über große und kleine tönerne Röhren blies und diese bis in die tiefsten Winkel der Seele eindringenden Töne hervorbrachte. Melvin stand auf und ging langsam in die Richtung, aus der diese seltsamen Klänge zu kommen schienen.

Langsam war es dunkel geworden und ein mondloser, sternenklarer Nachthimmel überspannte mit unzähligen Lichtpunkten das Meer, die Bucht und den Strand. Das Tönen wurde immer lauter und klang fast zum Greifen nahe. Als Melvin mit nackten Füßen zwischen zwei Felsen hindurch ein Stück Strand betrat, auf welches die auslaufenden Wellen ein glitzerndes Muster zauberten, sah er es: Aus dem Sand ragten große, mit Algen bewachsene Röhren – sie waren spiralförmig angeordnet, und in der Mitte über der größten Klangröhre schwebte eine strahlende Kugel aus goldenem Licht, die mit jedem Schritt, den Melvin näher kam, heller wurde.

Der Wind spielte auf diesem ungewöhnlichen Instrument und brachte immer neue Harmonien der Wärme und einer unerklärlichen Ruhe hervor. Tiefen Frieden strahlte dieser Ort aus. Plötzlich veränderte sich die strahlend leuchtende Kugel – sie begann sich in viele, vielleicht hundert kleine Lichtkugeln aufzuteilen, und jede einzelne Lichtkugel verwandelte sich in eine leuchtend weiße, nebelhafte Gestalt. Melvin erschrak heftig, als er bemerkte, dass alle Gestalten Gesichter hervorbrachten. Sie sahen alle genau gleich aus: Er sah in jedem Gesicht sein eigenes.

Die nebelhaften Gestalten begannen, sich um ihn herum zu drehen – erst langsam, dann immer schneller. Und plötzlich sah Melvin in nur einem einzigen Augenblick in all den Gesichtern seine Schwächen, Stärken, guten und schlechten Eigenschaften, seine Ängste, Wünsche und – dass in ihm doch noch Hoffnungen waren. Jedes der um ihn herumwirbelnden Gesichter zeigte ihm einen anderen Aspekt seines Wesens. Er erkannte mit erschreckender Klarheit die Fehler seiner Vergangenheit, die Gründe seiner Irrwege, und je schneller die Gesichter um ihn kreisten, die Grenzen zwischen ihnen zerflossen und sie sich schließlich wieder zu einem Ganzen zusammenfügten, sah er ganz deutlich Wege aus seiner Verhärtung, Wege, die er einfach nur gehen musste, Wege, die erst entstehen würden, wenn er sie ging.

Und plötzlich fühlte er etwas Großes, Mächtiges von seiner Seele Besitz ergreifen: SIE waren da! Er hatte sich die Begegnung mit ihnen ganz anders vorgestellt. Es war ihm so, als wenn eine liebevolle, väterliche und sehr vertrauenswürdige Wesenheit ihn bei der Hand nähme und ihm das Spiel des Lebens und das Prinzip der Liebe lehrte: Geben und Nehmen, Achtung, Verständnis und Vertrauen. Tränen liefen über sein Gesicht – er war sich selbst begegnet.

Er begriff, dass er selbst es war, der seine eigene Realität erschuf – seine Umgebung würde auf ihn so reagieren, wie er selbst war. Das Spiel des Lebens war ein Bumerangspiel. Alles, was er selbst aussandte, kam mit erstaunlicher Präzision zu ihm zurück. Er brauchte sich nur zu öffnen und die Welt würde es auch tun. Es musste nur im Kleinen beginnen – kleine Erfolge würden Mut machen, es im Größeren zu versuchen, und das würde wachsende Erfolge nach sich ziehen.

Erfolg würde durch Erfolg kommen. Alles erschien ihm plötzlich im Bruchteil einer Sekunde kristallklar zu sein. Es war ein kurzer, intensiver Blick auf das Wesentliche – als Gastgeschenk.

Die Gesichter standen nun ganz still und formten sich wieder zu leuchtenden Lichtkugeln. Mit einem markerschütternden Zischen und Fauchen schossen alle Lichtkugeln auf die große Klangröhre in der Mitte zu und verschmolzen zu einer tiefen, Frieden ausstrahlenden, einzelnen Kugel aus goldenem Licht.

Nun ging alles rasend schnell: Mit gurgelnden Lauten und einem vibrierenden Summen, das Melvin in jeder Zelle seines Körpers spürte, begannen die Klangröhren im Sand zu versinken, und ehe Melvin einen klaren Gedanken fassen konnte, war alles verschwunden. Es war nun vollkommen still; erst ganz langsam drang das sanfte Rauschen des Meeres in Melvins Bewusstsein. Die Sterne strahlten jetzt sehr hell und tauchten die Bucht in ein zauberisches Licht.

Als Melvin nach einer Weile fröstelnd in seine Herberge zurückkehrte, hatte dort schon das allnächtliche Teetrinken von Terramaris begonnen. Es wurde ein ganz besonderer Tee serviert, der jedes Jahr anders war und der auch in jedem Jahr mit einer anderen kleinen Teezeremonie getrunken werden musste, damit er seine, die Lebensenergien neu auftankende Wirkung entfalten konnte. Die alte Marjo wählte jährlich die streng geheimen Zutaten aus und bestimmte auch die jeweilige Teezeremonie. In diesem Jahr mussten die Teetassenränder kurz vor dem ersten Schluck mit einem besonderen Holzstab im Uhrzeigersinn, jeweils in östlicher Richtung beginnend, leicht beklopft werden, verbunden mit einem kleinen geheimen Wunsch eines jeden für die nahe Zukunft.
Alisha, eine junge Frau mit langem Kraushaar und tiefdunklen Augen, brachte den Gästen den Tee und erklärte an jedem Tisch die notwendige Zeremonie. Als sie an Melvins Tisch kam und die winzigen, kunstvoll verzierten Teekännchen und die noch kleineren, oval geformten weißen Tässchen brachte, erklärte sie mit warmer Stimme, dass der Tee, damit er

richtig wirke, nicht mit dem sonst hier üblichen Sahnerahm getrunken werden sollte.

Blicke trafen sich und eine unglaublich warme, sanfte Welle durchflutete Melvins vernarbte Seele – Spannungen lösten sich auf, Eiswände zersprangen zu flimmernden Kristallen und die so lange dort schon herrschende Leere füllte sich mit goldenem Licht. Alles in ihm wurde hell! Zum ersten Mal nach einer Ewigkeit konnte Melvin einer Frau wieder in die Augen blicken und er lächelte ein Lächeln voller Wärme und Herzlichkeit.

Er hörte Alishas angenehme Stimme, aber nicht den Sinn ihrer Worte und plötzlich sprach auch Alisha mitten im Satz nicht weiter, denn auch sie kannte nicht mehr den Sinn ihrer eigenen Worte ... und plötzlich hörten sich beide mit tränenerfüllten Augen und zitternder Stimme sagen: „Du warst bei den Traumgeistern des Grenzlandes, nicht wahr?"

*... oder besser so? ;-)

In den nächtlichen Dünen tanzten und wisperten die Sandteufel zur Musik des Windes zusammen mit den Meer- und Nebelgeistern. Ein großer weißer* Nachtvogel flog mit leise rauschenden Flügelschlägen auf das Meer hinaus ...

Ein Loch in der Traumwelt

Anja liebte Kurzgeschichten über alles. Ob es nun Liebesgeschichten, Krimis, Fantasy-Geschichten oder Gruselgeschichten waren, Anja fand es einfach faszinierend, wie es den Autoren immer wieder gelang, spannende, unterhaltsame, ergreifende und pfiffige Kurzgeschichten auf nur einer halben Zeitungsseite zu schreiben.

Nun lag Anja hier, am weißen Sandstrand der wunderschönen Urlaubsinsel, weit weg von zu Hause und dem Alltag. Jeden Tag freute sie sich auf den netten Strandverkäufer, der ihr eine Tageszeitung verkaufte, in der täglich solche Kurzgeschichten zu lesen waren. Obwohl Anja nicht genau sagen konnte, welche Art von Geschichten ihr am besten gefiel, so hatte sie doch eine geheime Liebe für die Geschichten des Fantasy-Autors entdeckt.

Auch heute hatte Anja ihre Zeitung direkt am Strand gekauft und als erstes die Seite mit der Kurzgeschichte aufgeschlagen. Ihr Herz schlug schneller, es war wieder eine Fantasy-Geschichte ihres Lieblingsautors. „Ein Loch in der Traumwelt", stand da in großen Buchstaben als Überschrift. Neugierig las Anja weiter. Die Geschichte handelte von Svenja, einer jungen Frau, die gerade Urlaub auf einer Insel machte und dort besonders gern die Kurzgeschichten einer Zeitung las, genau wie Anja auch ...

Svenja in der Geschichte verschlang förmlich die phantasievollen Geschichten, in der die Menschen, die diese Geschichten lasen, langsam aber sicher selbst durch eine Art Loch in der Traumwelt, eine undichte Stelle, in die Handlung der Geschichte hinein gerieten.

Immer, wenn Svenja eine Geschichte zu Ende gelesen hatte, geschahen auch für sie die gleichen Dinge wie in den Geschichten. Das war manchmal ganz spannend, erotisch und abenteuerlich. Aber wenn sie gerade – wie vor kurzem – eine Horror-Geschichte gelesen hatte, war das meist weniger spaßig, wenn sie zum Beispiel in einem alten Schloss, gefesselt an ein Bett, von drei Vampirmädchen gleichzeitig ausgesaugt wurde.

Aber auch das war mit einem erotischen Prickeln verbunden. Allerdings geschah ihr nicht wirklich etwas dabei. Immer, wenn ihr sicheres Ende gekommen wäre, wachte sie wie aus einem Traum auf, der eigentlich gar keiner zu sein schien, weil er so real wirkte. Svenja lag dann plötzlich wieder am Strand, die Zeitung mit der soeben „gelesenen – erlebten" Geschichte in der Hand.

Eines Tages las Svenja eine sehr einfühlsame Liebesgeschichte. Sie handelte von Anja, einer jungen Frau, die gerade auf einer schönen, sonnigen Insel Urlaub machte und gerne am Strand die Kurzgeschichten einer Zeitung las. Wie immer geriet sie nach einigen Zeilen wie durch einen magischen Strudel, der ihr ein prickelndes Gefühl im ganzen Körper verursachte, mitten in die Handlung der Geschichte hinein.

In dieser seltsamen Welt, die weder Traum noch Wirklichkeit zu sein schien und doch eigentlich beides zusammen war, hatte Svenja eine aufregende Begeg-

nung: Sie ging, nur mit einem winzigen Bikinihöschen bekleidet, am Strand entlang, wie einer Eingebung folgend durch die Reihen der sich sonnenden Menschen. Etwas abseits unter einem Sonnenschirm lag auf einer Decke eine wunderschöne, junge Frau mit rabenschwarzen, langen, lockigen Haaren, brauner Haut, einer total süßen, zierlichen Figur und einem ebenmäßigen Gesicht, die in einer Zeitung las.

Svenja war mit kinnlangen glatten blonden Haaren, strahlend blauen Augen und einer schlanken, sehr aufreizenden Figur eine echte Schönheit. Sie fühlte sich von dieser Frau unter dem Sonnenschirm wie von einem Magneten angezogen. Nie hatte Svenja etwas mit Frauen im Sinn gehabt, aber jetzt regten sich bei ihr ganz neue, kribbelnde und eindeutig erotische Gefühle.

Warum eigentlich nicht, wenn Svenja mal mit einer Frau ins Bett gehen würde, könnte sie sicher eine Menge über ihre eigenen sexuellen Wünsche herausfinden. Wie aber macht eine Frau nun eine Frau an? Darin hatte Svenja überhaupt keine Erfahrung. Sie suchte fieberhaft nach den richtigen Worten und irgendwie hatte sie das Gefühl, gar nichts falsch machen zu können.

„Findest du die Geschichten auch so spannend?", sagte sie einfach mit freundlicher Stimme, denn sie sah, dass die schwarzhaarige Schöne gerade die Seite mit der Kurzgeschichte las.

Die Lesende blickte zu ihr auf und sie blickte in wunderschöne, fast schwarze Augen.

„Ja!", antwortete diese und wirkte überhaupt nicht überrascht.

„Sag bloß, du liest die auch immer."

„Ja, ich habe, so lange ich hier bin, noch keine ausgelassen!", sagte Svenja mit einem schüchternen Lächeln.

„Übrigens, ich heiße Anja", sagte die zierliche Frau auf der Decke, und mit einer einladenden Geste: „Setz dich doch einfach zu mir und wir quatschen ein wenig!"

Anja und Svenja redeten den ganzen Nachmittag miteinander über Geschichten und ihr Leben. Dabei lernten sie sich immer besser kennen und auch Anja fand Svenja sehr anziehend und sinnlich. Als sie sich gegenseitig den Rücken mit Sonnenöl einrieben, knisterte es fast auf ihrer Haut und aus dem Einreiben wurde eine zärtliche Massage.

Die Sonne brannte nicht mehr ganz so heiß, als Anja sagte: „Komm, wir nehmen die Decke und legen uns in den großen Sanddünen in eine warme Mulde, da sind wir ganz ungestört."

In den Dünen breiteten sie die große Decke an einem geschützten Plätzchen aus. Weit und breit waren keine anderen Menschen. Als sie sich lange in die Augen sahen, begannen sie sich ganz zart und vorsichtig zu streicheln. Behutsam zogen sie sich gegenseitig die winzigen Bikinihöschen aus und erlebten ein Feuerwerk der Sinnlichkeit.

Ihre Hände und Lippen waren überall gleichzeitig. Sie gerieten in einen unglaublichen Rausch der Lust und Leidenschaft. Beide hatten vorher nie mit ihresgleichen geschlafen und sie entdeckten viele neue, aufregende Dinge ...

„Findest du die Geschichten auch so spannend?", riss eine freundliche Frauenstimme Anja aus der soeben gelesenen Geschichte. Sie blickte auf und sah in strahlend blaue Augen in einem wunderschönen Gesicht. Das Mädchen hatte kinnlange glatte blonde Haare und eine mehr als nur aufreizende Figur. Sie war nur mit einem winzigen Bikinihöschen bekleidet.

Anja traute ihren Augen nicht – es war das Mädchen aus der Geschichte, die sie gerade gelesen hatte.

„Wenn du magst, können wir auch sofort in die Dünen gehen!", sagte die Blonde mit verführerischer Stimme und einem vielversprechenden Funkeln in den blauen Augen.

„Die Fahrkarten bitte!"

Martin musste es irgendwie bis nach Dortmund schaffen. Seine Reisekasse war bis auf zwölf Mark zusammengeschrumpft, und das reichte nicht mehr für eine Fahrkarte. Und per Anhalter nach Hause zu fahren war einfach nicht seine Sache. Also stand er auf dem Bahnsteig und wartete auf den Zug. Er musste es zunächst bis Münster schaffen, wo er dann in Richtung Dortmund umsteigen würde.

Tausend Gedanken gingen ihm durch den Kopf. Wie konnte er es nur anstellen, ohne Fahrkarte nicht erwischt zu werden? Wenn er damals auf kurzen Strecken in der Eile vergessen hatte, eine Karte zu lösen, war das fast immer gutgegangen, meist war das eine reine Glückssache gewesen. Diese Fahrt würde aber beinahe zwei Stunden dauern und deshalb musste er sich schon einiges einfallen lassen.

Der Zug lief ein und Martin hatte nun keine Zeit mehr zu überlegen. Der Schaffner stieg ungefähr in der Mitte des Zuges aus, und als er für einen Moment in eine andere Richtung sah, stieg Martin schnell ein. Er nahm sofort das erste Abteil neben der Toilette. Den Toilettentrick würde er neben vielen anderen sicher auch anwenden müssen.

Martin warf seine Reisetasche auf die Gepäckablage und öffnete hastig das Fenster. Der Schaffner stand zum Glück ganz vorne am Zug, gab endlich das Signal zum Abfahren und stieg ein. Der Zug setzte sich mit einem leichten Ruck in Bewegung. Nun gab es kein Zurück mehr. Erst jetzt bemerkte Martin eine junge Frau, die direkt am Fenster saß und ihn aus dunkelblauen Augen ein wenig schelmisch angrinste.

Martin war wie vom Donner gerührt. Sie hatte lange, blonde, lockige Haare, ein freundliches Gesicht und auf unerklärliche Weise eine vertrauenerweckende Ausstrahlung. Sie trug ein weißes T-Shirt mit aufgedruckten Erdbeeren, eine sehr kurze weiße Hose und ... nein, ihre Sandaletten hatte sie ausgezogen und es sich mit hochgelegten Beinen auf dem Sitz richtig bequem gemacht. Martin grinste verlegen zurück und sie vertiefte sich wieder in ihr Buch.

Außer ihnen beiden war niemand im Abteil. Martin setzte sich an den Gang, so dass er einerseits diese Wahnsinnsfrau im Blick hatte, andererseits aber jederzeit den Gang in Richtung Schaffner einsehen konnte. Martin konnte seine Nervosität nicht verbergen, als er in einer Zeitschrift, die er auf dem Nachbarsitz entdeckt hatte, zu blättern begann.

Es waren vielleicht zehn Minuten vergangen, als Martin das Öffnen und Schließen von Abteiltüren vernahm. Ein Blick auf den Gang brachte die gefürchtete Gewissheit: der Schaffner! Er war noch etwa fünf Abteile entfernt. Und gerade, als er wieder in einem Abteil verschwunden war, stürzte Martin auf den Gang. Mit vier Schritten war er an der Toilettentür und drückte die Klinke herunter.

Es war besetzt! Natürlich! In Filmen war das auch immer so, um die Spannung zu erhöhen. Martin wurde nun fast panisch. Sehen konnte er den Schaffner noch nicht, doch sein höfliches, aber bestimmtes: „Zugestiegene bitte die Fahrkarten!" war bereits deutlich zu hören.

Nach einer Ewigkeit öffnete sich die Toilettentür und ein kleiner, dicker Mann kam schwankend heraus. Er schimpfte vor sich hin, dass wieder mal kein Toilettenpapier mehr da sei und dass das doch wenigstens im Fahrpreis enthalten sein müsse. Martin stürzte in die enge Kabine und verriegelte die Tür. Geschafft! Die Stimme des Schaffners kam jetzt direkt von nebenan, aus dem Abteil, in dem er gerade noch gesessen hatte.

Martin wartete noch fünf lange Minuten, dann öffnete er die Tür und wagte einen vorsichtigen Blick. Die Luft war rein. Um ganz sicher zu gehen, machte er ein paar Schritte in den anderen Wagen hinein; der Schaffner war bereits am anderen Ende des Ganges und verschwand soeben im nächsten Wagen. Martin atmete auf. Bis zum nächsten Bahnhof würde er nun vermutlich außer Gefahr sein.

Als er die Abteiltür öffnete, traf ihn das wissende Lächeln der nun nicht mehr lesenden Schönheit wie ein Blitzschlag. Er fühlte sich ertappt. Erst jetzt bemerkte Martin, dass sie eine kleine, zierliche Brille trug. Sie gehörte zweifellos zu den Frauen, bei denen eine geschickt ausgewählte Brille außerordentlich sexy wirkte.

„Du hast sicher keine Fahrkarte!" hörte er sie mit einer fast hypnotischen, angenehmen Stimme sagen.

„Stimmt", stammelte er, „woher weißt du das?"

„Ach ... dafür habe ich so eine Art siebten Sinn", sprach sie belustigt weiter.

„Ich muss es erstmal nur bis Münster schaffen", entgegnete Martin nun auch lächelnd und berichtete, wie alles angefangen hatte.

Beide begannen eine angeregte Unterhaltung und dabei erfuhr er auch ihren Namen: Diana hieß dieses ihm langsam immer vertrauter werdende, wunderschöne Wesen.

Nach dem nächsten Bahnhof wurde es noch einmal brenzlig, aber Diana reagierte sofort. Als der Schaffner gerade die Tür zum Nachbarabteil schloss, zog sie Martin nahe zu sich heran und küsste ihn lange und leidenschaftlich. Wohlige, elektrisierende Schauer der Wärme ließen das Außen für beide versinken. Nun war es auch ganz gleich, ob er noch erwischt würde oder nicht. Nach diesem Kuss konnte getrost die Welt untergehen. Aber sie ging nicht unter und der Schaffner war offenbar vorbeigegangen.

Diana musste auch in Münster aussteigen und auf dem Bahnsteig erzählte Martin ihr, dass er jetzt in den IC nach Dortmund umsteigen müsste und dass er Diana gerne wiedersehen würde.

Er bemerkte das kleine Blitzen in ihren Augen nicht, als sie sagte: „Na, schau'n wir mal ...", und in der Menschenmenge verschwand.

Martin suchte sie auf dem Bahnsteig, auf der Treppe, überall, aber er fand sie nicht mehr.

Geknickt und tieftraurig stieg er in den IC nach Dortmund. Hier würde man ihn garantiert erwischen, denn die Zugbegleiter wechselten an den großen Bahnhöfen oft. Nach fünf Minuten Fahrt öffnete sich plötzlich und ohne erkennbare Vorwarnung die Abteiltür und eine angenehme Stimme sagte höflich, aber bestimmt: „Die Fahrkarten bitte!"

Vor Martin stand in einer schmucken Bahnuniform mit einem Kursbuch unter dem Arm und einem Kartenknipser in der zierlichen Hand Diana mit einem breiten Grinsen im Gesicht. Und diesmal bemerkte Martin die kleinen, lustigen Blitze in ihren dunkelblauen Augen.

Die Sternenfrau

Eve konnte nicht schlafen. Schon in den Nächten zuvor wälzte sie sich im Schlaf und hatte wirre Träume. In ihren Träumen kam immer wieder eine völlig unbekleidete junge Frau vor, zu der sie sich magisch hingezogen fühlte. Eve fühlte sich im wirklichen Leben niemals zu ihrem eigenen Geschlecht hingezogen, aber in diesen sich immer ähnelnden Träumen konnte sie sich nicht dagegen wehren. Als sie endlich eingeschlafen war in dieser Nacht, begann sie wieder zu träumen, nur diesmal wusste sie, dass sie träumte und alles war ganz klar und deutlich sichtbar und fühlbar wie im Wachzustand. Sie konnte sogar ihre Wanderschuhe sehen, wenn sie an sich herunterblickte.

Sie ging durch eine Landschaft mit hohen turmartigen Felsen. Ihr Weg führte durch diese Felsen hindurch in eine enge schmale Schlucht, die sich immer tiefer durch die Felsen wand und an deren Ende ein kreisförmiger Höhleneingang in einem warmen orangeroten Licht schimmerte. Eve ging hinein. Nachdem sie einen kurzen Gang entlang gelaufen war, kam sie in eine kleine, von Kerzenlicht erleuchtete Höhle, und dort stand sie, vertraut und doch völlig fremdartig, die wunderschöne Frau aus den vielen Träumen der letzten Nächte.
Sie stand dort im Licht vieler Kerzen mit langen, lockigen roten Haaren, einem ebenmäßigen Gesicht und einem ebensolchen Körper. Ihr Alter hätte Eve un-

möglich schätzen können, denn sie strahlte etwas sehr Erwachsenes aus. Sie konnte siebzehn oder auch fast dreißig Jahre alt sein, aber in der Dunkelheit war das nicht genau zu erkennen. Sie sah Eve einfach nur an.

Diese fühlte sich von der jungen Frau fast magisch angezogen, eine wohlige Wärme ging von ihr aus. Eve ging immer näher an die geheimnisvolle Schöne heran und als sie ihr direkt in die Augen blicken konnte, erschrak sie: ihre Augen!

Etwas stimmte nicht mit ihren Augen. Es dauerte einen kleinen Augenblick, bis Eve wusste, was es war. Ihr Gegenüber hatte türkisgrüne, wunderschön leuchtende Augen, aber das Befremdende daran war: Diese Augen hatten keine runden Pupillen, sondern die einer Katze – schmale, senkrecht stehende Schlitze.

Vor Schreck wich Eve einen Schritt zurück, aber sofort verstärkte sich die fast liebevolle Anziehungskraft, die von diesem Wesen ausging und die junge Frau wusste mit einem Mal, dass es kein Mensch sein konnte.

Plötzlich vernahm sie ganz deutliche Worte, aber das wunderschöne Geschöpf hatte den Mund gar nicht bewegt.

Die Worte entstanden einfach in ihrem Kopf: „Bitte erschrecke dich nicht vor mir! Ich bin Thaja und komme nicht von deiner Welt."

Eve war völlig durcheinander. Diese „Worte" griffen förmlich nach ihrem Bewusstsein, unausweichlich, ohne Eve die geringste Möglichkeit zu geben, wegzuhören oder sich die Ohren zuzuhalten. Zärtlich berührte Thaja Eves Hände mit den ihren, woraufhin sie abermals zusammenzuckte, denn auch dieser Kontakt war alles andere als menschlich: Thajas Hände waren ausgesprochen warm, ja genaugenommen waren sie fast heiß und fühlten sich so an, als wenn eine Art Elektrizität von ihnen ausging. Aber es war ganz und gar nicht unangenehm.

Wieder formten sich Thajas Worte in Eves Bewusstsein: „Ich bin von meinem Volk ausgewählt worden, um jemanden zu finden, der uns hilft. Wir sind nur noch achtundzwanzig und werden aussterben, wenn uns niemand hilft, denn wir sind alle weiblich. Auch sehen in unserem Volk alle Frauen gleich aus – so wie ich. Unsere männlichen Artgenossen sind nach und nach infolge einer geheimnisvollen Krankheit gestorben. Wir haben dich und deinen männlichen Gefährten lange beobachtet und eure Struktur untersucht, während ihr geschlafen habt. Ihr könntet uns helfen. Wir brauchen nur eine einzige männliche Keimzelle, um uns fortzupflanzen. Du kannst jetzt in meinen Gedanken lesen, das ist einfacher. Du erfährst dort alles."

Nun war es, als wenn Eve von etwas abgrundtief Mächtigem, Erschütterndem und Offenem zugleich erfasst wurde. Es ergriff Besitz von ihr, war plötzlich überall in ihr. Eve wusste mit einem Mal, warum Thaja sie inständig um Hilfe bat und erschauderte, obwohl sie eine Art Liebe zu diesem Wesen empfand. Tränen liefen über Eves Gesicht.

Drei Nächte später waren sie wieder in der Felsenhöhle. Diesmal waren sie zu dritt. Sebian, Eves Freund, war einverstanden gewesen, nachdem auch er ohne Hindernisse in Eves Gedanken hatte lesen können.

Thajas und Sebians Vereinigung war einfach nur als elektrisch, heiß und gedankentötend zu bezeichnen. Unbeschreibliche Dimensionen durchdrangen seinen Geist und seinen Körper. Nur ganz knapp entrann

44

Sebian dem Wahnsinn. Als es vorbei war, war auch Thaja verschwunden, nicht ohne Eve und Sebian ein Geschenk als Dank dazulassen, mit dem Sebian und Eve wohl irgendwann auffallen würden, wenn sie nicht ständig auf Reisen blieben.

Thaja hatte in ihren Gedanken so viel Liebe füreinander gesehen und den Wunsch nach Ewigkeit für diese Liebe. Die Ewigkeit konnte ihnen Thaja nicht schenken, wohl aber dreihundert Jahre, in denen ihre Körper nicht altern würden. Die beiden hatten keine Möglichkeit erhalten, das Geschenk abzulehnen und mussten es akzeptieren. Sie spürten diese geschenkten Jahre in jeder Faser ihres Körpers.

Eve erwachte. Sie fühlte sich wie neugeboren und sie wusste, dass sie nie wieder von dieser Frau träumen würde. Als sie aufstand, stolperte sie fast über ihre Wanderschuhe, die vor dem Bett standen. Da standen sie sonst nie.

Eine Zeitgeschichte

Sinara schlenderte durch die engen Gassen der Alt-
stadt und erreichte schließlich den Marktplatz. Unzählige Händler boten hier ihre Waren an. Mal blieb sie
an einem Stand mit Muscheln stehen, dann wieder
bewunderte sie die schönen Körbe und Tücher am
nächsten. Ganz hinten am Anfang einer engen Gasse
war ein besonderer Stand.
Er gehörte einer alten Frau mit weißen langen Haaren.
Sie trug einen fransig und lumpig wirkenden Umhang, der aus allen möglichen Stoffresten zusammengenäht war. „Komm ruhig näher", sprach sie Sinara
mit heiserer, dunkler Stimme an.
Sinara betrachtete den Stand nun genauer. Hunderte
von verschiedenen Uhren tickten hier um die Wette:
Kaminuhren, Standuhren, Wanduhren und Taschenuh-
ren. Alle hatten eines gemeinsam: Sie schienen sehr,
sehr alt zu sein und jede Uhr war irgendwie einmalig.
Sinara nahm eine Taschenuhr mit einem kunstvoll
verzierten Zifferblatt in einem Silbergehäuse in die
Hand und strich fast zärtlich darüber.
Sinara liebte Uhren, denn sie übten eine große Faszi-
nation auf sie aus. Uhren waren die Messinstrumente
für ein Naturgesetz, dem sich nichts und niemand
entziehen konnte – die Zeit. Alle Menschen, ob arm
oder reich, ob jung oder alt, sie alle konnten sich
durch die Jahrtausende nicht dem Strom der Zeit entziehen; für alle floss dieselbe Zeit. Manchmal hatte
Sinara allerdings das Gefühl, dass in schönen Momenten die Zeit schneller verging als in unangenehmen,
und auch jetzt dachte sie wieder, wie wundervoll es

sein könnte, dieses Naturgesetz wenigstens manchmal zu überlisten.

„Sie fühlt sich gut an, nicht wahr?" sprach die alte Frau und sah dabei tief in Sinaras Augen.

„Ja", sagte Sinara leise und fast andächtig. Sie hörte nur noch das Ticken der Uhren, das wie ein geheimnisvoller Klang ihr Bewusstsein ausfüllte.

„Man nennt mich die alte Marjo, aber sie alle wissen gar nichts. Komm mit, ich muss dir etwas zeigen."

Marjo zog sie in einen kleinen, dunklen Laden direkt hinter dem Stand. Es dauerte eine Weile, bis sich Sinaras Augen an das Dämmerlicht gewöhnt hatten. Das Geräusch der tickenden Uhren war hier noch lauter, es mussten tausende sein. In einer Ecke begann Marjo in der Schublade einer alten Kommode zu kramen und förderte ein kleines, verschnürtes Bündel zutage. Nachdem sie die Schnüre des Bündels geduldig aufgeknotet hatte, holte sie etwas aus einem schwarzen Seidentuch hervor.

Das, was Marjo in der ausgestreckten Hand Sinara entgegenhielt, war eine seltsame, kleine Uhr in Form eines Eies. Ein fast schwarz schimmerndes Metallei mit einem kleinen, weißen Zifferblatt mit verschnörkelten, violetten Ziffern und schwarzen Zeigern.

„Fass sie ruhig an", flüsterte Marjo. Sinara nahm das Ei vorsichtig in die Hand und erschrak.

Diese seltsame, kleine Uhr ohne irgendwelche Einstellknöpfe war unheimlich schwer und fühlte sich sehr warm an. Ein unbekanntes, aber durchaus angenehmes Gefühl durchströmte Sinara, als sie die Uhr in den Händen hielt und genauer betrachtete.

„Du darfst sie behalten, wenn du etwas anderes dafür hierlässt", sprach Marjo mit einem geheimnisvollen

Unterton in der Stimme. Sinara sah Marjo mit großen Augen an.

„Warum ich?" fragte Sinara nur und musste dabei eine Träne von ihrer Wange wischen.

„Weil ich vorhin in deinen Gedanken lesen konnte", entgegnete Marjo.

„Dort konnte ich lesen, wie du über die Zeit denkst. Was also lässt du mir dafür hier?"

Sinara überlegte nur kurz und gab ihr den Aquamarin, den sie an einem Lederband um den Hals trug. Es war ihr Sternzeichenstein und er bedeutete ihr sehr viel.

Marjo nahm ihn lächelnd an und sagte: „Das ist ausreichend. Doch eines muss ich dir noch sagen: Versuche nie, die Uhr zu öffnen, es wäre dein sofortiger Tod."

Sinara war bleich geworden. Marjo gab Sinara noch einen versiegelten Umschlag mit den Worten: „Öffne ihn, wenn du es weißt. Und nun geh! Ich habe noch viel zu tun."

Ein wenig unwirsch wurde Sinara aus dem Laden geschoben und draußen von den vielen Menschen mitgerissen.

Zu Hause legte Sinara den verknitterten Umschlag in eine Schublade. Sie hätte ihn öffnen können, aber sie traute sich nicht. Sie wickelte das geheimnisvolle Ei aus dem schwarzen Seidentuch und umschloss es mit beiden Händen. Sofort war wieder dieses seltsame, angenehme Gefühl da, das in jeder Körperzelle zu pulsieren schien.

Plötzlich veränderte sich die Umgebung mit einem markerschütternden Krachen. Nein, eigentlich blieb alles so wie sonst auch, aber alle Farben waren verschwunden. Sie ließ das Ei vor Schreck auf den Tisch fallen. Ihr Blick fiel auf das Zifferblatt. Der Sekundenzeiger stand still. Aber ein anderer kleiner Zeiger, den sie vorher gar nicht bemerkt hatte, schien sich ganz langsam, kaum merklich rückwärts zu bewegen.

Sinaras Blick fiel auf den Blumenstrauß auf dem Tisch. Er war schwarz-weiß. Sie berührte die Blumen leicht, sie waren starr und eiskalt. Die Blumenvase ließ sich selbst mit einem kräftigen Hieb nicht von der Stelle bewegen. Langsam stieg Panik in Sinara auf und sie begann durchs Haus zu laufen.

Auf der Treppe schrie sie vor Schmerz auf, weil sie irgendetwas an der Stirn getroffen hatte. Zuerst konnte sie nichts Außergewöhnliches erkennen, aber plötzlich bemerkte sie eine Biene, die bewegungslos, wie festgeschraubt in der Luft stand. Sinara verlor das Gleichgewicht und konnte sich noch gerade an den Leuchterarmen der Wandlampe festhalten.

Sie wunderte sich über den festen Halt, denn normalerweise hätte sie mit ihrem Körpergewicht den Leuchter sicher aus der Wand gerissen. Staunend erlebte sie viele seltsame Dinge. Und als sie zurück im Wohnzimmer war, bemerkte sie, dass der kleine Zeiger der dunklen Uhr gerade das Zifferblatt einmal rückwärts umrundet hatte.

Mit einem Krachen wurde die Welt wieder bunt und mit weit aufgerissenen Augen sah Sinara, wie im selben Moment die Blumenvase samt Inhalt vom Tisch gefegt wurde und an der Wand in tausend Scherben zerbrach. Gleichzeitig gab es ein schreckliches Geräusch im Treppenhaus. Als sie nachschaute, war der Leuchter aus der Wand gerissen und lag zusammen mit herausgebrochenem Putz auf dem Boden.

Sinara lief zur Kommode und riss den Umschlag aus der Schublade, öffnete ihn mit zitternden Fingern und las Marjos Worte: „Du hast soeben für eine Stunde die

Zeit der Welt angehalten. Nur für dich lief die Zeit weiter. Es geschieht immer, wenn du das Ei in beide Hände nimmst, immer nur für eine Stunde, aber sooft du willst. Du alterst ganz normal, aber für deine Umwelt, je nachdem wie oft du das Ei benutzt, rasend schnell. Als wir uns begegneten, war ich in der bunten Welt neunzehn Jahre alt. Auch du wirst spüren, wann und an wen du einst die Uhr weitergeben musst."

Bumerangspiel

Die große Pause war soeben zu Ende. Alle Schüler gingen langsam, aber zielstrebig auf den Haupteingang der Schule zu. Lisa und Tim sahen sich an. Sie brauchten keine Worte, um ihre Gefühle in diesem Moment zu beschreiben. Zwei Stunden Englisch bei Bonsai standen auf dem Stundenplan und dieser Gedanke weckte in ihnen Unruhe und Angst. Bonsai, so nannten sie heimlich Herrn Schulze, ihren Englischlehrer. Dieser Name bürgte für Angst und Schrecken. Sie nannten ihn Bonsai, weil er so klein war, aber er war nur klein an Körpergröße, in Sachen seelischer Grausamkeit, Strafen verhängen, Macht ausüben war er der ungekrönte König. Niemand wagte, sich gegen ihn aufzulehnen. Bonsai war aufbrausend und duldete keinen Widerspruch. Mit seiner Halbglatze, einem fast runden Kopf, aus dem kleine Augen herausstachen, machte er schon eine komische Figur. Jeder, der ihn noch nicht kannte und sich unwissend über ihn lustig machte, bereute das wenig später bitter. Bonsai hatte Macht, das war unverkennbar.
Langsam füllte sich der Klassenraum, alle nahmen ihre Plätze ein, denn sie wussten, Bonsai war immer pünktlich. Zwei Minuten später stürzte dieser durch die Tür zum Pult, warf seine Tasche darauf und schrie: "Vokabelarbeit!" Er warf Otto in der ersten Reihe den Stapel Arbeitshefte hin, der auch ohne Worte sofort wusste, dass er sie in Windeseile an seine Klassenkameraden verteilen musste. Nervös und mit zitternden Händen machte er sich auf den Weg und wenig später hatte jeder sein Heft vor sich liegen. Fieberhaft schrieb jeder das Datum auf eine neue Sei-

te. Alles musste schnell gehen, denn sie wussten, dass Vokabelarbeiten bei Bonsai höchstens vier Minuten dauerten. Und schon tönte das erste zu übersetzende Wort durch den Klassenraum und das in einem Tonfall, der Verachtung und Schadenfreude ausdrückte. Schnell schrieben alle das entsprechende Wort in ihr Heft. Wer überlegen musste, hatte keine Chance, vier Sekunden später donnerte das nächste Wort durch die Klasse. So ging das dann meist mit fünfzig Vokabeln weiter. An die letzte Vokabel wurde ohne Sprechpause "Hefte zu! Abgeben!" angeschlossen. Otto, der noch gar nicht zu Ende geschrieben hatte, sprang auf und begann die Hefte einzusammeln. Es tat ihm so leid, seinen Kameraden die Hefte einfach unter dem Füller wegreißen zu müssen. Danach begann Bonsai einen komplizierten englischen Text vorzulesen, den die Schüler dann als Hausaufgabe nacherzählen sollten. Bonsai machte das absichtlich in der ersten Stunde, damit sie sich nach der zweiten Stunde kaum noch an den Text erinnern konnten. Während er vorlas, waren seine Blicke überall. Er beobachtete alle im Klassenraum arglistig. Berti schrieb sich ein paar Worte mit, die er noch nicht kannte, um sie später nachzuschlagen, als er plötzlich vor Schreck und Schmerz aufschrie. Bonsai hatte ihm seinen Schlüsselbund mit Kraft direkt auf die Hand geworfen. Die scharfkantigen Schlüssel hinterließen eine blutige Schramme.

Mit dem Schlüsselbund konnte Bonsai genauso gut umgehen wie mit dem Holzlineal, womit er den Schülern auf die Finger und in die geöffnete Hand schlug. Wer nicht spurte, dem half auch kein gutes Wissen, denn seine Zensur stand bereits fest. Bonsai war Meister darin, schlechte Zensuren bei den Schülern zu provozieren.

Eines Tages, es war schon spät am Vormittag, als Bonsai wieder mal hoch befriedigt aus einer Klasse kam und auf seinen kurzen Beinchen zum Lehrerzimmer tippelte, stand plötzlich wie aus dem Boden gewachsen ein kleines, zierlich wirkendes Mädchen mit langen, lockigen Haaren, einem lieben Gesicht und blauen Augen vor ihm. Er hatte das Mädchen bisher noch in keiner Klasse gesehen. Es stellte sich ihm geradezu in den Weg. Entrüstet fuhr er sie sofort an, was ihr einfiele, ihn aufzuhalten. Er holte schwungvoll zu einem Schlag aus – aber bevor dieser im Gesicht des Mädchens landen konnte, packte es mit eisernem, kraftvollem Griff sein Handgelenk, so dass er, in der Bewegung erstarrt, sich nicht mehr aus ihrem Griff lösen konnte. Das freundliche Gesicht des Mädchens hatte sich verändert. Sie sah ihn ernst und durchdringend an. Bonsais Gesicht war knallrot. Er platzte fast vor Wut. Das Mädchen öffnete ein wenig den Mund, so dass seine aufeinandergepressten Zähne sichtbar wurden. Es verzog ein wenig den Mund, sah ihm direkt in die Augen. Bonsai konnte dem Blick nicht mehr ausweichen. Das Mädchen sagte nun eindringlich: "Das Spiel des Lebens ist ein Bumerangspiel. Alles, was ein Mensch in Worten oder durch Taten aussendet, wird mit erstaunlicher Präzision zu ihm zurückkehren! Merke dir diese Worte gut! Ich bin Serana und ich begegne jedem Menschen nur ein einziges Mal im Leben!" Mit diesen Worten war sie bereits spurlos verschwunden. Es dauerte noch einige Augenblicke, bis Bonsai sich wieder bewegen konnte. Sein Puls ging schnell und er atmete heftig. Nervös schaute er sich um, es war niemand mehr da. Auch sonst hatte niemand etwas von dem soeben Erlebten gemerkt. Mit zitternden Knien betrat Bonsai das Lehrerzimmer. Die Kollegen sahen ihn erschrocken an. So bleich hatten sie Bonsai noch nie gesehen. Lilo, die Sportlehrerin, fragte ihn, ob er einem Geist begegnet sei.

Es dauerte keinen Tag und Bonsai war wieder der Alte. In der letzten Stunde verdarb er einer Schülerin die mühsam erarbeitete Zensur, da sie eine Hausaufgabe nicht vollständig machen konnte, weil Bonsai die Aufgabe absichtlich unklar gestellt hatte. An diesem Tag hatte Bonsai auf der Heimfahrt mit seinem Auto einen schweren Unfall. Er trug lebensbedrohliche Verletzungen davon und musste daher lange im Krankenhaus bleiben.

Bald nach seiner Rückkehr an die Schule waren Schlüsselbund und Lineal wieder in regem Einsatz. Doch eines Tages, nachdem er vor den Augen eines anderen Lehrers einen Schüler zusammengeschlagen hatte, wurde Bonsai in eine Nervenheilanstalt eingeliefert.

Serana war längst zu anderen Menschen unterwegs. Viele lernten aus einer solchen Begegnung, und ihr Leben wurde schöner, reicher und glücklicher.

„Dies ist ein Überfall!"

Verena las den Zettel, den sie durch den Geldschlitz der Kassenbox geschoben bekam. In sauberer Druckschrift stand da:
"Dies ist ein Überfall! Sagen Sie kein Wort! Alle Geldscheine in die Tasche!"
Verena sah erschrocken auf und blickte in das Gesicht eines Mannes, der so gar nicht nach einem Bankräuber aussah. Dunkle Haare, Brille, dunkelblauer Anzug, ein recht sympathisches Gesicht. Auch hatte er sich nicht die Mühe gemacht, sein Gesicht zu tarnen. Der Bankräuber legte eine von diesen umweltfreundlichen Baumwolltragetaschen in die Schublade der Kassenbox und schob sie zu Verena durch. Neben der Tragetasche lag noch ein merkwürdiges Gerät mit einem Zettel. Verena las ihn mit zitternden Fingern: "Tun Sie, was ich verlange! Dies ist eine Bombe mit Funkfernzündung! Ich kann sie jederzeit zünden! Und Hände weg vom Alarmknopf!" Der Bankräuber zeigte ihr durch die Scheibe den kleinen Sender. Verena sah sich nervös um. Niemand hatte bisher etwas gemerkt. Es war kurz vor Feierabend und der Kassenraum war leer. Der Bankräuber nahm ganz ruhig einen Ziegelstein aus seiner Aktentasche und legte ihn in den Schubladenschacht, damit Verena die Bombe nicht mehr mit der Schublade zurückdrücken konnte. Ohne ein Wort zu sagen, leerte Verena die Fächer mit den Geldscheinen und packte sie in die Tasche. Der Bankräuber nickte zufrieden. Er wollte offensichtlich kein großes Risiko eingehen, denn er forderte nicht noch das Geld aus dem Tresor. Stattdessen schob er wieder

einen Zettel durch den flachen Geldschlitz über der Schublade und Verena las:

"Nehmen Sie die Bombe aus dem Fach und legen Sie dafür das Geld in die Schublade!"

Verena gehorchte. Nachdem der Bankräuber den Stein entfernt hatte, schob sie die Schublade zurück. Verenas Blick fiel auf ihren Bildschirm. Hinter den Einzahlungsdaten des letzten Kunden war eine kleine Nachricht zu lesen: "Stiller Alarm ausgelöst".

Ihr Kollege, der gleichzeitig auch Filialleiter und außer Verena der einzige Angestellte der sehr kleinen Zweigstelle war, hatte nun wohl bemerkt, was vor sich ging und den stillen Alarm ausgelöst, der direkt bei der zuständigen Polizeiwache einging. In wenigen Minuten würde also die Polizei da sein, aber mit der Bombe in der Kassenbox empfand Verena diese Tatsache nicht gerade als beruhigend. Als sie aufblickte, war der ungewöhnliche Bankräuber bereits zur Tür hinaus. Den kleinen Sender hatte er in der Geldschublade liegen lassen. Thomas, der Filialleiter, stürzte in die Kassenbox, nahm geistesgegenwärtig die Bombe, trug sie vorsichtig zur Hintertür hinaus und legte sie auf eine Mülltonne im Hinterhof der Bank. Passanten hatten keinen Zugang zum Hof, dafür sorgte ein Rolltor. Schnell rannte er wieder in die Bank, in der die Polizei noch immer nicht eingetroffen war.

"Das ist die Gelegenheit", sagte Thomas hastig zu Verena, nahm alle Stapel Banknoten aus dem Tresor, stopfte sie in einen Karton, rannte wieder auf den Hof, packte den Karton in den Kofferraum seines Wagens und war blitzschnell wieder zurück. Er konnte gerade noch Verena zuraunen:

"Wir teilen natürlich!", als die Sondereinsatztruppe der Polizei die Bank stürmte.

"Er ist schon weg, aber im Hof liegt eine Bombe auf der Mülltonne!" rief ihnen Verena entgegen.

Eilig wurden Fachleute angefordert, die sich um die Bombe kümmern sollten. Verena war kreidebleich, rannte hinaus auf den Hof, um sich zu übergeben.

Erst nach einer Weile fiel Thomas und den Beamten ihr Fehlen auf. Eilig wurde sie vom Hof gezerrt.

"Sind Sie wahnsinnig!" schrie der junge Beamte in einem gepanzerten Spezialanzug.

Verena taumelte in die Kassenbox, stützte sich einen Moment auf die Kundentheke und brach zusammen. Es war alles zu viel für sie gewesen. Genau in diesem Augenblick gab es auf dem Hof eine gewaltige Explosion. Fensterscheiben barsten mit ohrenbetäubendem Klirren. Die Bombe! Thomas, den die Druckwelle zu Boden gerissen hatte, kroch auf allen vieren zur offenen Hoftür. Schwer atmend und mit weit aufgerissenen Augen sah er hinaus. Sein Wagen war nur noch ein brennender Schrotthaufen und von der Mülltonne war nichts mehr übrig geblieben. Überall Trümmer und Glassplitter.

Das Geld! durchzuckte es Thomas. Aus der Traum! Alles umsonst! Die Feuerwehr löschte die kleinen Brandherde im Hof, die Spurensicherung tat ihre Arbeit und der Kommissar von der Kripo stellte viele Fragen.

Als alles vorbei war, sahen sich Thomas und Verena traurig an. Verena nahm Thomas in den Arm und sagte: "Wir leben, das ist das Wichtigste!"

Thomas sah wirklich elend aus. Es war eine Riesensumme Geld gewesen und er selbst hatte die Bombe auf die Mülltonne neben sein Auto gestellt. Zu dumm aber auch!

Verena ging, nachdem sie sich verabschiedet hatten, in das direkt benachbarte Parkhaus und stieg in ihr Auto. Auf dem Beifahrersitz stand ein großer Karton, randvoll mit Banknoten.

Auf der Heimfahrt hielt sie an einem Gullideckel an, rieb ihre Fingerabdrücke von dem kleinen Sender, warf ihn in den Gulli und wusste: Sie hatte es geschafft!

Die Kaufhausdetektivin

Pia betrat das Kaufhaus in der Fußgängerzone. Gleich im Eingangsbereich befand sich die Kosmetikabteilung. Eine Mischung teurer Düfte lag in der Luft. Pias Puls schlug schneller. Sie war wie im Fieber, als sie unruhig und voll innerer Spannung durch die Regalreihen ging. Äußerlich war sie ganz ruhig und verhielt sich wie eine ganz normale Kundin, die sich ein wenig umsah. Vor ihr im Regal befanden sich die Lippenstifte der gehobenen Preisklasse. Pia nahm einen interessiert heraus, betrachtete ihn genau und tat so, als ob sie ihn wieder zurückstellte. In Wirklichkeit hielt sie ihn aber noch unauffällig in der geschlossenen Hand und ging damit einfach weiter. Erst nach einer Minute glitt ihre Hand in die Manteltasche, ließ den Lippenstift darin fallen und förderte ein Papiertaschentuch zutage, in das sie sich ausgiebig schnäuzte. Wie immer hatte niemand etwas bemerkt. Ein prickelndes Gefühl durchströmte sie, als sie mit der Rolltreppe in die nächste Etage fuhr, mit der festen Absicht, diesmal etwas zu stehlen, was schwieriger war unbemerkt mitgehen zu lassen, um den Nervenkitzel, den sie über alles genoss, noch zu steigern.

Natürlich hatte es Pia gar nicht nötig zu stehlen und sie wusste sehr wohl, dass ihr zwanghaftes Verhalten krankhaft war. Schon oft hatte sie daran gedacht, sich in therapeutische Behandlung zu begeben, aber jedes Mal verlor sie kurz vorher wieder den Mut. Außerdem brauchte sie den Nervenkitzel. Pia war eine außergewöhnlich hübsche, junge Frau mit langen, gelockten, schwarzen Haaren, einem lieben, ehrlichen Gesicht mit wunderschönen, blauen Augen. Viele Männer drehten sich nach ihr um und bisher war noch kein Kaufhausdetektiv dabei gewesen, so hoffte sie jedenfalls.

In der ersten Etage angekommen, steuerte Pia langsam aber sicher auf die Musikabteilung zu. Eine CD sollte es diesmal sein. Sie hatte gerade die Abteilung erreicht, als sie von einem jungen Mann ziemlich auffällig und ungeschickt angerempelt wurde. "Ein Detektiv!", schoss es ihr durch den Kopf. "Jetzt ist alles aus!" Aber der junge Mann entschuldigte sich nur höflich und sah sie ganz verdattert an. Nein, ein Detektiv war das sicher nicht. Außerdem fingen Kaufhausdetektive den Täter meist erst nach der Kasse ab. Er gefiel Pia sehr. Nicht nur im Stehlen, sondern auch in Männersachen war sie einfach weltmeisterlich gut. Sie lächelte verführerisch zurück, mit diesem Blick, der für Männer einfach unerträglich erotisch ist, und sie konnte sicher sein, dass er bereits angebissen hatte. Pia war nun völlig aufgedreht und ihr wurde heiß und kalt zugleich, denn nun konnte sie gleich zwei Dinge auf einmal ausprobieren: eine CD stehlen und gleichzeitig mit einem Mann flirten. Mit ruhigen, langsamen Schritten ging sie von CD-Ständer zu CD-Ständer und vergewisserte sich, dass ihr Opfer ihr in einigem Abstand folgte. Vor dem CD-Regal mit der klassischen Musik blieb sie stehen und strich fast liebevoll mit ihren langen, rot lackierten Fingernägeln über die CD von Maurice Ravels Boléro. Das würde die Krönung sein, dachte sie, wenn sie mit ihm ins Bett ginge, würde sie diese Musik spielen. "Sie haben einen ganz besonderen Musikgeschmack!", sagte der junge Mann, der ganz überraschend neben ihr stand. "Ja, finden Sie?", entgegnete Pia mit dunkler, angenehmer Stimme und fast in einem Flüsterton: "Ich könnte Sie ja mal zu einem ganz besonderen Musikabend einladen!" Der junge Mann wurde sehr verlegen, Pia hielt in diesen Dingen nichts von langen Vorreden, sie kam bei Interesse an einem Mann immer gleich zur Sache, und wenn das Gespräch nicht eindeutig in ihrem Sinne weiterlief, war es Zeitverschwendung.

"Wäre Ihnen heute Abend recht?", kam die Antwort, die gar nicht zu der anfänglichen Schüchternheit passte. "Heute Abend habe ich schon eine Verabredung, aber morgen wäre ein sehr geeigneter Abend!", hauchte Pia ihm entgegen. Martin, so hieß der junge Mann, antwortete: "Also morgen um 20 Uhr, ich bringe eine Flasche Sekt mit!" Pia hatte längst unauffällig die CD in der Innentasche ihres Mantels verschwinden lassen. Martin bekam noch Pias Adresse und verschwand in der Menschenmenge. Tiefe Befriedigung breitete sich in ihr aus. Für heute war es genug und ungehindert verließ sie das Kaufhaus.

Am übernächsten Abend stand Martin wie verabredet um 20 Uhr vor ihrer Tür. Pia hatte absichtlich so getan, als wenn sie gerade noch unter der Dusche gestanden hätte. Mit nassen Haaren und nur mit einem kurzen, schwarzen Kimono bekleidet zog sie Martin in die Wohnung. Auch hier hielt Pia nichts von langen Vorreden, die erste Runde musste immer sofort sein, um die zweite umso mehr genießen zu können. Ehe Martin sich versah, lag er nackt in ihrem Bett. Sie saß mit ihrem Gesicht zu seinem auf ihm und ließ den Sektkorken genau im richtigen Moment knallen. Zu

den Klängen des Boléro hatte Martin dann keine Chance mehr, Pia machte eben keine Gefangenen. Der Boléro steigerte sich zum Finale, Pia und Martin auch. Mit dem letzten erlösender Tusch des Boléro sagte Martin: "Dass er gestohlen ist, hört man ihm nicht an, nicht wahr? Und deinem Lippenstift sieht man das auch nicht an!" Alles in Pia krampfte sich plötzlich zusammen, als Martin fortfuhr: "Ich bin nicht nur der Martin, sondern auch der Kaufhausdetektiv!" Pia sackte in sich zusammen. So hatte sie sich ihre Entdeckung, die ja früher oder später mal kommen musste, nicht vorgestellt. Ihre Gedanken rasten. "Dann darfst du dich aber auch nicht mit Dieben einlassen!", entgegnete sie prompt. "Das stimmt", sagte Martin ruhig, "mein Kollege und ich haben dich seit Monaten beobachtet, weil wir dringend für einen älteren Kollegen einen Nachfolger oder eine Nachfolgerin suchen und das Angebot sollte nur die Beste bekommen."
Seitdem ging im besagten Kaufhaus die Diebstahlrate um siebzig Prozent zurück, weil eine gnadenlose Kaufhausdetektivin von nun an dort ihr Unwesen trieb.

Feuerwerk

Liane hatte von der öden Silvesterfeierei in ihrem Dorf die Nase voll. Sie wollte nicht wieder mit der ganzen Verwandtschaft und den Nachbarn feiern. Sie packte also ihren Koffer – leichtes Gepäck: ein paar T-Shirts, einen Badeanzug, Jeans, ein kurzes, enges Minikleid, na und was man sonst noch so braucht, an einem Ort, an dem es sonnig und warm ist. Ihr war ganz gleich wohin, aber schön warm sollte es sein. Liane hatte Glück, denn sie ergatterte noch ein Last-Minute-Angebot im Reisebüro.

Das war vielleicht ein Kontrast: vom nassen, kalten, Schneeregenwetter in wenigen Stunden in eine andere Welt. Angenehm warme Luft, blauer Himmel, strahlende Sonne, ein ganz leichter, stetiger Wind, eine riesige Hotelanlage mit hunderten von Menschen, die auch alle nicht über Silvester zu Hause sein wollten. Es waren erstaunlich viele, und Liane fühlte sich sofort wie in einem Club von Gleichgesinnten.

Im Hotel liefen fieberhafte Vorbereitungen für die große Silvesterparty. Überall wurden Luftschlangen und bunte Lämpchen angebracht und auch ein großes Feuerwerk wurde am hoteleigenen Strand aufgebaut.

Liane genoss es, am Silvesternachmittag noch am Strand zu liegen und in einem kristallklaren Meer zu baden. Sie schwamm ziemlich weit ins Meer hinaus und beinahe hätte ein Surfer sie nicht rechtzeitig gesehen. Der junge Mann konnte gerade noch sein Brett herumreißen, verlor aber dabei das Gleichgewicht und fiel neben ihr ins Wasser.

"Bist du wahnsinnig?", schrie er Liane barsch an, "so weit draußen schwimmt normalerweise niemand mehr!"

Liane saß noch der Schreck in den Gliedern und sie musste sich an seinem Surfbrett festhalten. Doch dann glätteten sich die Gesichtszüge des ins Wasser Gestürzten und formten sich zu einem sympathischen Lächeln. "Ich bin der Karsten und du kannst nur eine Meerjungfrau aus unergründlichen Tiefen sein, so, wie du schwimmen kannst!"

"Ich bin die Liane und Schwimmen ist tatsächlich meine große Leidenschaft", entgegnete Liane noch ein wenig außer Atem.

Mit ein paar geschickten Bewegungen war Kasten bereits wieder auf seinem Brett und bedeutete ihr, sich daran festzuhalten. Vorsichtig und in gemäßigtem Tempo segelten sie langsam auf den Strand zu. In einer etwas abgelegenen, kleinen Bucht gingen sie an Land.

Als sie wieder festen Boden unter den Füßen hatten, setzten sie sich in den Sand und betrachteten sich nicht gerade unauffällig gegenseitig, während sie ein wenig über Surfen und Schwimmen sprachen. Karsten gefiel Liane total gut. Er hatte einen schönen Körper, ein fröhliches Gesicht und dunkle, kurze Haare. Liane durchflutete ein wohliges Gefühl und sie empfand sofort eine große Anziehungskraft, die von Karsten ausging. Karsten ging es ähnlich. Er fand Liane einfach süß mit ihren langsam in der Sonne trocknenden, lockigen, dunklen Haaren, ihren wunderschönen, ebenfalls dunklen und geheimnisvoll funkelnden Augen, ihrem aufregenden Körper, der seinen Puls langsam beschleunigte und ihrem sehr erotisch wirkenden, gewagten, schwarzen Badeanzug.

Ohne Eile gingen sie zurück zum Hotel und Liane fragte ihn, ob er auch auf der Silvesterparty sein würde. Karsten nickte nur, ohne seinen Blick von ihren Augen lösen zu können.

"Wir sehen uns!", sagte er leise und mit einem lieben Lächeln im Gesicht.

Am Abend sah Liane aus wie die Verführung selbst: Das schwarze Minikleid, welches keine unbedachten Bewegungen zuließ, brachte ihre sonnengebräunten Beine auf atemberaubende Weise zur Geltung, ihre löwenmähnigen Haare umrahmten ein ebenmäßiges, fröhliches Gesicht und die Farbe ihres Lippenstiftes verlieh ihren schönen, vollen Lippen einen betörenden Hauch von Sinnlichkeit. Gemeinsam genossen sie vom reichhaltigen Büffet die köstlichsten Speisen. Beschwingt durch prickelnden Sekt, zog Karsten Liane auf die Tanzfläche. Wilde, ins Blut gehende Rhythmen ließen ihre Körper sich fast wie von selbst bewegen. Dann, bei einem langsamen Stück, zog Karsten Liane ganz nah an sich heran und sie schmiegte sich eng an seinen Körper. Wild und heiß pochte das Blut in ihren Adern, als sie ihm ins Ohr flüsterte:

"Ich möchte mit dir schlafen..."

Karsten nahm sie noch enger an sich heran und flüsterte zurück: "Ich möchte es jetzt... lass uns hier verschwinden."

Karsten nahm Lianes Hand und zog sie vorsichtig durch die tanzende Menge. Die Party tobte nun bereits im ganzen Hotel: In der Bar grölten und sangen die Menschen ausgelassen durcheinander und durch die Halle und den Salon marschierte eine lärmende Polonaise zur Musik einer Stimmungsgruppe auf einer kleinen Bühne. Als die beiden gerade den Aufzug erreicht hatten, steuerte der Kopf der Polonaise, ein kleiner, dicker, lustiger Mann, zielstrebig auf die noch offene Aufzugtür zu und sang wie alle laut und falsch: "Jetzt fliegen gleich die Flicken aus dem Käse...!"

In letzter Sekunde stürzen Karsten und Liane aus dem Aufzug. So kamen sie nicht hinauf in Lianes Zimmer. Gerade öffnete sich die Tür des zweiten Aufzuges und beide huschten hinein, drückten auf die 14 und die Tür schloss sich. Mit einem leichten Ruck setzte sich der Aufzug in Bewegung. Liane schob Karsten langsam in eine Ecke des Aufzugs, ihre Hände glitten über seinen Rücken, seinen Gürtel, hinunter zum Po, dabei küsste sie ihn so fordernd, als wolle sie sagen:

"Na komm schon, ich halte es nicht mehr lange aus...!"

Karstens Hände glitten langsam über ihre Beine und Lianes Minikleid rutschte langsam nach oben. Er kam erst knapp unterhalb ihrer Hüften zum Stillstand. Lianes Atem keuchte, als Karsten ihr langsam, aber unaufhaltsam den winzigen, schwarzen Slip auszog. Er war damit kaum fertig, als der Aufzug im 12. Stock anhielt, die Tür sich öffnete und eine dicke Frau mit einem kleinen Hund singend in den Aufzug taumelte und auf Erdgeschoß drückte. Liane zog hastig ihr Kleidchen runter und wollte sich nach ihrem Slip bücken, aber der kleine Hund hatte ihn schon im Maul und knurrte böse, als Karsten ihn ihm abnehmen wollte.

Der Aufzug fuhr nicht weiter in den 14. Stock, sondern setzte sich wieder abwärts in Bewegung. Liane brach der Schweiß aus. Als sich unten die Tür öffnete, wurden sie, ohne eine Möglichkeit der Flucht, aus dem Aufzug gezerrt und in die nun noch wilder tobende Polonaise eingebaut.

66

Liane sah noch, wie der kleine, giftige Hund in einer Ecke wütend ihren Slip zerfetzte. Karsten reagierte blitzschnell, als sich die Polonaise der Ausgangstür näherte, riss sich und Liane los, und beide liefen nach draußen. Erst, als sie in der kleinen, abgelegenen Bucht angekommen waren, ließen sie sich am Wasser in den Sand sinken. Das warme Wasser des Meeres umspülte ihre Beine und Hüften, als endlich alle Gedanken sich in einer Explosion der Gefühle auflösten. Weit weg am Hotelstrand wurde soeben das Feuerwerk gezündet.

"Ein traumhaft schönes neues Jahr wünsche ich dir!", flüsterte Karsten in Lianes Ohr.

Goldener Käfig

Mit ruhigen Händen zog sie die rötliche Flüssigkeit in die Injektionsspritze auf und betrachtete sie im Gegenlicht. Der Spritzeninhalt sah eigentlich ganz harmlos aus, wie verdünnter Himbeersaft, aber der Schein trog. Mandy war fest entschlossen. Sie stach mit einer dünnen Injektionsnadel durch den Korken der Weinflasche, setzte die Spritze auf und drückte den Kolben herunter. Das starke Nervengift verteilte sich langsam in der Weinflasche.

Das Maß war voll, sie konnte und wollte sich nicht damit abfinden, dass ihr Leben weiter so wie bisher verlaufen sollte: eingesperrt in einen goldenen Käfig. Mandy hatte alles, was sie brauchte, materiell gesehen jedenfalls. Roger, ihr Mann, erfüllte ihr jeden Wunsch, aber sie durfte niemals ohne ihn das Haus verlassen. Mandy war für Roger so etwas wie eine heilige Madonna. Sie wurde fast vollständig von der Außenwelt und dem eigentlichen Leben ferngehalten. Mandy lebte wie in einem luxuriösen Eispalast.

Roger war ein Mann mit zwei Gesichtern. Er führte ein ausschweifendes Leben und hatte immer neue Frauengeschichten, die er nicht einmal gut vor Mandy verbarg. Außerdem war Roger dauernd geschäftlich unterwegs und nur wenige Tage im Monat zu Hause. Mandy liebte ihn längst nicht mehr und sehnte sich nach Freiheit, nach Wärme, ja, und nach Liebe. Und verliebt war sie bis über beide Ohren in Albert, den Sohn des Goldschmieds, der ihr oft teuren Schmuck zur Auswahl ins Haus brachte, den ihr Mann ihr großzügig schenkte. Solange Roger lebte, würde sie nie frei sein. Allerdings war Mandy nicht dumm, denn sie hatte nicht vor, ein Gefängnis mit goldenen Gitterstäben gegen ein Gefängnis mit stählernen Gitterstäben einzutauschen.

Mandy hatte einen Plan: Roger zu vergiften würde leicht sein, denn er trank zum Essen abends gerne einen trockenen Rotwein. Selbst wenn er das Gift im Wein bemerkte, wäre es längst zu spät, denn es würde in Sekundenschnelle sein Atemzentrum lähmen. Auch würde Mandy nicht besonders verdächtigt werden, den Wein vergiftet zu haben, denn es gab tatsächlich Drohbriefe, die aussagten, dass seine Weinlieferung vergiftet werden solle, wenn er nicht eine größere Summe an einen anonymen Erpresser zahlen würde. Roger hatte das alles nicht ernst genommen und natürlich nicht gezahlt, aber sein Bruder hatte damals vorsichtshalber die Kriminalpolizei benachrichtigt. Feinde hatte Roger nämlich wirklich genug. Nun tauschte Mandy die Flasche, die John, der Diener, bereits für das Abendessen vorgesehen hatte, gegen die Flasche mit dem tödlichen Gift. Niemand würde es bemerken.

Nachmittags kam Albert und brachte eine Auswahl teurer Diamantringe. Sie verbrachten kurze, wundervolle Augenblicke miteinander, in denen sie liebevolle Zärtlichkeiten austauschen konnten. Aber zu lange durfte Albert nie bleiben, denn John durfte auf keinen Fall etwas von ihrer Liebesbeziehung merken, denn dann würde es auch Roger bald wissen. Albert wusste nichts von Mandys Plan. Sie wollte ihn nicht zum Mitwisser machen, weil sie wusste, dass er einen Mord nie billigen würde.

Am Abend kam Roger von seiner Geschäftsreise zurück. Alles verlief nach Plan. Der Diener brachte das Essen und goss den Wein in kostbare Kristallgläser. Ein paar angstvolle Sekunden gab es nun doch, denn

Mandy wusste, dass sich auch in ihrem eigenen Glas vergifteter Wein befand. Roger war allerdings meistens so unhöflich, bereits direkt nach dem Einschenken mehr als nur einen Probierschluck zu nehmen. Er wollte gerade nach dem Glas greifen, als John ihm eilig das Telefon brachte und ihm den Hörer in die Hand gab. Mandys Nervosität wuchs. Das Telefonat dauerte eine Ewigkeit. Nachdem Roger endlich aufgelegt hatte, nahm John das Telefon wieder mit. Roger hatte allerdings nicht vergessen, was er vor dem Gespräch eigentlich tun wollte und griff etwas zu hektisch nach dem Weinglas. Es kippte um und der Wein ergoss sich über die weiße Tischdecke. Mandy blieb fast das Herz stehen und sie starrte entsetzt auf das zerbrochene Glas. Roger war über sein Missgeschick viel zu verärgert, um ihren Gesichtsausdruck zu bemerken. John kam bereits mit einem Lappen und einem neuen Glas, das sofort gefüllt wurde. Roger war ungehalten; er stürzte sofort einen großen Schluck hinunter, so, als habe er Angst, dass er noch einmal etwas verschütten könnte und dadurch noch länger auf seinen Wein würde warten müssen. Nachdem Roger sein Glas abgesetzt hatte, erwartete Mandy jeden Moment, dass Roger die Atmung versagte und er ersticken würde, aber nichts geschah. Stattdessen begann Roger genüsslich zu essen und nahm gleich noch einen zweiten großen Schluck Wein. Mandy war innerlich in Aufruhr, äußerlich musste sie ihre Überraschung gut verbergen. Was war nur schief gegangen? Hatte der Diener die Flasche vertauscht, oder war das Gift nicht stark genug? Das Abendessen verging, ohne dass Roger tot zusammenbrach.
Als Roger später endlich zu Bett gegangen war, begann Mandy fieberhaft nach der Flasche mit dem win-

zigen Einstichloch in der Verschlusskappe zu suchen, aber sie konnte sie nirgends finden. Natürlich konnte sie niemanden nach einer fehlenden Weinflasche fragen, denn damit hätte sie zweifelsfrei Verdacht erregt. Nicht auszudenken, was passieren würde, wenn jemand anderes den Wein trinken würde. Panik stieg in ihr auf. Auch am nächsten Tag wurde sie nicht fündig. Wo war der vergiftete Wein? Am zweiten Tag sollte diese Frage auf makabre Weise beantwortet werden, denn Mandy und Roger bekamen Besuch von der Kriminalpolizei. Es war der Kommissar, der auch schon damals gekommen war, als Roger die ersten Drohbriefe erhalten hatte. Im Laufe des Gesprächs erfuhren sie, dass Albert Benten durch vergifteten Wein qualvoll gestorben war. Albert hatte die Flasche vom Diener des Hauses anstelle eines Trinkgeldes erhalten.

Telefonterror

Sabina kam gerade vom Büro nach Hause. Sie war froh, endlich daheim zu sein, denn an diesem kalten, regnerischen Dezemberabend war es keine Freude gewesen, die Strecke von der U-Bahn bis zu ihrer Wohnung zu Fuß zurückzulegen. Sie hängte den nassen Mantel an die Garderobe und drehte erst einmal alle Heizkörper an. Ihr Blick fiel auf den Anrufbeantworter, der anzeigte, dass er zwei Nachrichten gespeichert hatte. Schlagartig schlug Sabinas Herz schneller. Mit ihrem Anrufbeantworter stand sie derzeit auf Kriegsfuß. In den letzten Wochen war sie nämlich schlimmstem Telefonterror ausgesetzt. Es waren nicht etwa die sehr häufig vorkommenden obszönen Anrufe, bei denen der Anrufer perverse Schweinereien auf das Band hauchte, sondern massive Morddrohungen. Mit einem solchen Band war Sabina auf Anraten ihres Freundes Jochen bereits bei der Polizei gewesen, aber da der Anrufer ein Gerät benutzte, das die Stimme verzerrte, bestand nach Meinung der Polizeibeamten kaum eine Möglichkeit, dem Täter auf die Spur zu kommen. Als besonders bedrohlich empfand Sabina, dass der Anrufer grundsätzlich nur auf ihren Anrufbeantworter sprach. Er rief niemals dann an, wenn sie zu Hause war. Das bedeutete, der Anrufer wusste genau darüber Bescheid, wann Sabina in der Wohnung war und wann nicht. Ihre einzige Chance, dem Terror ein Ende zu setzen, sah Sabina darin, herauszufinden, wer der Anrufer war.

Mit zitternden Fingern drückte Sabina auf die Wiedergabetaste. Das Band spulte zum Anfang zurück und begann die Nachrichten abzuspielen. Der erste

Anruf war von Jochen. Er wollte ihr nur mitteilen, dass er gleich noch vorbeikommen würde und er sich schon riesig auf sie freute. Der Beginn der zweiten Nachricht war ihr bereits vertraut, versetzte ihr aber immer wieder einen Adrenalinstoß. Ein schrilles, durch den Stimmenverfremder verzerrtes, irres Lachen war stets der Auftakt eines solchen Anrufs, gefolgt von einigen schweren Atemzügen und den drohenden Worten:

"Ich krieg dich! Ganz gleich, wo du auch immer sein wirst! Genau dann, wenn du gar nicht daran denkst, werde ich da sein, um dich zu töten!"

Wieder ertönte das schrille, irre Lachen. Sabina hatte echte Angst. Es gab genug Psychopathen in dieser Stadt, die frei herumliefen, und niemand konnte wissen, wann der eine oder andere endgültig ausrasten würde. Innerlich fröstelnd wickelte sie sich auf dem Sofa in eine Decke, die ihr nur langsam das Gefühl der Wärme zurückgab. Nach einer Stunde kam Jochen, wie angekündigt, und Sabina spielte ihm den neuesten Anruf vor. Auch Jochen hatte keine Idee, wie man dem Anrufer auf die Spur kommen konnte. Sie sahen sich im Fernsehen einen spannenden Spielfilm an, aber so ganz konnten sie der Handlung diesmal nicht folgen. Alle Gedanken drehten sich um die bedrohlichen Anrufe.

Es war kurz vor Weihnachten, und es wurde langsam Zeit, an die diesjährige Silvesterplanung zu denken. Jochen kam die Idee, zusammen mit seinem Bruder und noch ein paar Bekannten eine Blockhütte in den Bergen zu mieten, um bei einem guten Abendessen gemütlich und einmal ganz anders Silvester zu feiern. Da Sabina zwischen Weihnachten und Silvester frei hatte, blieben erwartungsgemäß die Anrufe aus. Am

Silvestertag ging es dann in die Berge. Die Anrufe waren zwar nicht vergessen, aber wenigstens geisterten sie nicht ständig durch ihre Gedanken. Schon auf der Fahrt waren Sabina, Jochen, Wolfgang, Heike und Andreas in einer ausgelassenen Stimmung. Sie mussten das letzte Stück der Strecke mit einer Seilbahn zurücklegen, um die kleine Hütte auf der Hochalm zu erreichen.

Als es dunkel geworden war, begannen sie mit dem gemeinsamen Abendessen. Sie nannten es Fantasieessen, weil alle nur denkbaren Zutaten auf einem kleinen Grill zubereitet wurden. Danach musste jeder eine selbst erfundene Geschichte erzählen. Die originellste Geschichte konnte Wolfgang erzählen: Es war ein Märchen über ein unglückliches Körnerbrot, denn in der Welt der Brote bedeuteten Körner Pickel. Aber schließlich verliebte sich doch noch ein nettes Toastbrot in das Körnerbrot.

Um Mitternacht gingen sie dann alle nach draußen und sahen die kleinen Feuer, die überall auf den Hügeln brannten. Damit sollten die bösen Geister des alten Jahres vertrieben werden. Ausgelassen und fröhlich verrieten sie sich gegenseitig ihre Wünsche für das neue Jahr. In ausgelassener Stimmung feierten sie mit ein paar guten Flaschen Wein bis zum frühen Morgen.

Nach nur wenigen Stunden Schlaf standen Wolfgang und Sabina auf; sie hatten sich bereiterklärt, das Frühstück zu machen. Sogleich gab es das erste Problem im neuen Jahr: Das Kaffeewasser kochte noch nicht, als die Gasflasche des Kochers leer war. Sabina und Wolfgang mussten mit der Seilbahn hinunter zum Hüttenwart in den Ort, um eine neue zu holen. Dieser begrüßte sie gleich mit einem freundlichen: "Frohes

Neues Jahr!" Er gab ihnen eine neue Gasflasche, die fast genauso groß war wie er selbst. Minuten später ging es wieder aufwärts.

Die Gondel hatte ungefähr zwei Drittel der Strecke zurückgelegt, als Wolfgang plötzlich mit einem Faustschlag auf den Knopf der Notbremse schlug. Mit einem gewaltigen Ruck blieb die Gondel über einer tiefen Schlucht pendelnd stehen.

"Was ist los?" rief Sabina.

Als Wolfgang sich zu ihr umdrehte, erschrak sie. Seine Gesichtszüge waren völlig verändert. Sabina blickte in ein krankhaft verzerrtes Gesicht.

"Ich bin deine Neujahrsüberraschung!", schrie er mit irrer, schriller Stimme, "jetzt hab ich dich und damit hast du sicher nicht gerechnet, oder?"

Wolfgang riss den Nothammer aus der Verankerung und schlug damit gegen die Tür, die beim zweiten Schlag aufsprang. Sabina war wie gelähmt. Sie starrte Wolfgang fassungslos mit weit aufgerissenen Augen an. Wolfgang flüsterte nun drohend:

"Du kannst es dir aussuchen: Entweder du springst freiwillig, oder ich erwürge dich – tot bist du schon jetzt."

Da kam Sabina wieder zu sich. Ohne zu überlegen drehte sie das Ventil der Gasflasche auf und fingerte nach ihrem Feuerzeug in der Hosentasche – fand es und hielt es an das ausströmende Gas.

„So du Hirni!", schrie sie und drehte das Rädchen des Feuerzeugs.

Der Funke entzündete das Gas und eine Stichflamme loderte in Richtung Wolfgang. Sie kippte die große Gasflasche in seine Richtung. Er kam ins Straucheln, versuchte noch, sich an der Flasche festzuhalten, stürzte jedoch mit ihr aus der Gondeltür in die

Schlucht. Wolfgang krachte mit der brennenden Gas-flasche mitten in ein Sprengstoffdepot am Grunde der Schlucht, welches die Bergwacht für Lawinenspren-gungen nutzte. Nach wenigen Augenblicken beendete eine gewaltige Explosion den Telefonterror. Wolfgang kam in kleinen Stücken nochmals bis auf ihre Augen-höhe neben die Gondel.

„Wow!", sagte Sabina angeekelt, „du siehst echt ka-cke aus!"

Der Personalausweis von Wolfgang blieb seltsamer-weise unversehrt. Der interessierte Betrachter dieses Ausweises hätte feststellen können, dass Wolfgang als Vornamen einen Doppelnamen trug, nämlich Diet-bert-Wolfgang Müller.

Versunken

Ich hatte mich schon lange auf diesen Tag gefreut. Heute würde ich mein Lieblingsmusikstück, das Vorspiel zum 1. Akt aus Richard Wagners Lohengrin, zum ersten Mal im Leben neben anderen ausgewählten Wagner-Stücken in einem richtigen Konzert hören und nicht nur von einer CD.

Es war kurz vor elf Uhr vormittags an einem wunderschönen sonnigen Aprilsonntag. Der große, prunkvolle historische Konzertsaal füllte sich langsam mit den Konzertbesuchern. Ich hatte einen Platz in der ersten Reihe in der Mitte mit einer ausgezeichneten Sicht auf die Bühne und das Orchester. Die letzten Vorbereitungen auf der Bühne wurden getroffen. Die Stühle und Notenpulte für die fast 80 Orchestermitglieder wurden noch einmal überprüft und zurechtgerückt. Mein Blick ging zur Decke der Konzerthalle, zu den gewaltigen Kronleuchtern und den über der Bühne angebrachten Mikrofonen – das Konzert sollte für eine CD-Produktion aufgezeichnet werden, und der Tonmeister auf der Empore prüfte nochmals alle Leitungen und Einstellungen.

Fast alle Plätze waren nun besetzt und es waren nur noch zwei Minuten bis zum Konzertbeginn. Eine seltsame Stimmung voller Spannung und Vorfreude schien sich im Saal wie ein Lauffeuer auszubreiten. Es war wie ein elektrisches, unhörbares Knistern und das mochte ich mir sicherlich nur einbilden, oder doch nicht? – es roch leicht nach Ozon wie nach einem Gewitter. Ich fragte meinen Sitznachbarn, ob er das auch rieche, aber er meinte, er könne nichts dergleichen bemerken. Nun kamen die ersten Musikerinnen und Musiker auf die Bühne und bekamen heftigen Begrüßungsapplaus. Es dauerte eine Weile, bis alle ihre Plätze eingenommen hatten. Eine zierliche Japanerin – ihr Instrument, eine Geige, hielt sie in einer Hand – fiel mir besonders auf. Ihre langen schwarzen Haare glänzten fast etwas bläulich und ihre fast schwarzen Augen funkelten in einer ansteckenden Fröhlichkeit. Sie saß fast am Bühnenrand und mein Platz war, wie schon gesagt, in der ersten Reihe – das waren nur wenige Meter Entfernung. Plötzlich hatte ich das Gefühl, ein paar Sekunden in die Zukunft sehen zu können und ich wusste, was gleich passieren würde – sie würde mich ansehen, unsere Blicke würden sich treffen, in drei Sekunden. Ich bekam Herzklopfen, und genau drei Sekunden später trafen sich unsere Blicke. Ja, sie sah mich an. Warum gerade mich? Und sie lächelte geheimnisvoll. In ihren Haaren schienen knisternde, winzige Blitze zu funkeln und es roch wieder nach Ozon, aber der Geruch war nicht unangenehm, nur sehr eigenartig. Sie setzte sich wie in Zeitlupe. Auch die anderen hatten ihre Plätze eingenommen und die Zeremonie in uralter Tradition nahm ihren Lauf.

Der Orchesterleiter stand auf, gab den Ton zum Stimmen der Instrumente vor und in einer festgelegten Reihenfolge stimmte das große Orchester seine Instrumente. Als die Töne verklungen waren, erschien unter tosendem Applaus der Dirigent auf der Bühne, verneigte sich vor dem Publikum und bedeutete dem Orchester aufzustehen. Alle begrüßten mit einem Lächeln das Publikum, das immer noch applaudierte. Mit einem vorsichtigen Blick stellte ich fest, dass mich die kleine Japanerin belustigt anfunkelte. War irgendwas mit mir? Hatte ich eine Nudel an der Backe, oder zwei verschiedene Schuhe an? Ich war nun wirklich nervös. Die Orchestermitglieder setzten sich und der Dirigent ging in Startposition. Die ersten Töne vom Einzug der Götter aus Wagners Rheingold erklangen und die Klänge verzauberten alle Anwesenden im Saal. Ich hatte nun Gelegenheit, in das kleine Programmheft zu schauen, in dem auch eine Liste mit der Orchesterbesetzung stand. Dort fand ich bei den Geigen einen japanischen Namen. Nun hatte der Grund für meine Nervosität einen Namen, einen sehr schönen sogar – Teiko Amaya.

Ich bemerkte, dass Teiko oft ganz versunken war in ihrem Geigenspiel, ja, sogar manchmal die Augen beim Spielen schloss und nicht mehr auf ihre Noten, geschweige denn zum Dirigenten sah. Sie spielte wie alle anderen perfekt – ein Fest für Ohren und Augen! Nach dem Siegfried-Idyll und Wotans Abschied und Feuerzauber begann die Pause und Teiko war verschwunden. Ich hatte sie gar nicht im allgemeinen Aufbruch von der Bühne gehen sehen.

Die Pause dauerte nicht lange. Es reichte gerade, um kurz im Park hinter der Konzerthalle eine Nase Frühlingsluft zu nehmen. Da war er wieder, der leichte Ozongeruch und ich sah gerade noch, wie Teiko im Eingang für die Musiker verschwand. Sie hatte auch kurz den Park aufgesucht. Hätte ich mal nichts getrunken und wäre sofort in den Park gegangen, dachte ich noch, als der zweite Theatergong ertönte und alle wieder in die Konzerthalle gingen und ihre Plätze einnahmen.

Das Ritual vom Beginn des Konzertes wiederholte sich, nur dass Teiko mich diesmal mit einem bittenden Blick ansah, anders konnte ich diesen Blick nicht deuten. Ich war etwas irritiert, aber eine seltsame Ruhe nahm Besitz von mir. Sie musste es bemerkt haben und lächelte zufrieden. Ich sollte mich also entspannen – das wollte sie mir wohl zu verstehen geben. Teiko konnte unmöglich wissen, dass nun mein Lieblingsstück kam, oder doch? Oder war es möglicherweise auch ihr Lieblingsstück? Nein, das spinne ich mir nun nur zurecht, dachte ich.

Es wurde vollkommen still im großen Konzertsaal. Der Dirigent brauchte nur eine kaum wahrnehmbare Bewegung mit einer Hand anzudeuten, und ganz sanft und leise setzten einige wenige Streicher und Flöten ein mit den ersten sanften, geradezu lyrischen Tönen zum Vorspiel des ersten Aktes aus Richard Wagners Lohengrin. Es war eine sehnsuchtsvolle, leise Melodie und Teikos Geige war mit dabei. Sie hielt die Augen geschlossen. Weitere Streicher kamen hinzu, die Musik entfaltete ihren Zauber und wand sich immer höher empor. Friedrich Nietzsche sagte einmal zu diesem Musikstück, es sei „blau, von opiatischer, narkotischer Wirkung". Aber es war viel heftiger! Auch ich geriet in den Zustand der Versunkenheit. Die Welt, der Konzertsaal verschwanden, ja sogar vom ganzen Orchester blieben nur die zauberische Musik, ja und Teiko übrig. Sie stand auf einer Anhöhe unter den in Zeitraffer rasend schnell dahinziehenden Wolken und spielte ihr Instrument, versunken in der Musik und in sich selbst. Die Musik steigert sich nur langsam in diesem Stück und genau in dem Tempo veränderte sich auch der Himmel über uns. Das Gewölk türmte sich zu dunklen Gewitterwolken auf und in der Ferne zuckten die ersten Blitze und grollte dumpf der Donner. Schon so oft hatte ich davon geträumt, einmal ein Gewitter zu sein, und nun durchdrang mich dieser Wunsch mit der Urgewalt eines Gewittersturms.

Ich befand mich nur wenige Meter weit von Teiko entfernt – genauso weit wie im Konzertsaal. Nun stand der fulminante große Part des Stückes, der nur ungefähr eine Minute dauern würde, kurz bevor. Teiko ließ ihre Geige sinken, was aber musikalisch bei der Menge der Streicher, die an dieser Stelle des Stückes im Einsatz waren, nicht mehr auffiel. Sie kam auf mich zu, nahm meine Hand und in dem Moment, als die wirklich große Musik mit Posaunen, Trompeten, Hörnern, Streichern und Pauken einsetzte, schlug ein gewaltiger, greller Blitz direkt an der Stelle ein, an der wir standen, und wir lösten uns wie elektrisch geladener Staub auf, aber wir starben nicht – im Gegenteil, wir wurden ein Teil der gewaltigen Gewitterwolken, verteilten uns immer mehr in der aufgeladenen Luft, wurden das Gewitter, wurden der Sturm und der peitschende Regen. Unbändige Freude war in uns und um uns herum. Wir jagten über Täler, Wälder und Seen, schossen unsere Blitze in den Boden. Es war ein erregendes Gefühl, die Macht des Unwetters selbst zu sein, die Menschen in ihre Häuser zu treiben, und immer weiter zu jagen. Plötzlich waren da ein Meer und eine Steilküste, an die wir uns warfen, wo wir mit Urgewalten das Meer peitschten und Wellenberge vor uns hertrieben. Wir genossen es, als Regentropfen ins Meer zu stürzen und uns mit dem Salzwasser zu vermischen. Als Gischt wurden wir wieder emporgeschleudert, um den Tanz von neuem zu beginnen.

Ganz langsam und sanft wurden wir wieder auf der kleinen Anhöhe abgesetzt, als die Musik wieder ruhiger wurde und in das sehnsuchtsvolle zauberische Anfangsthema überging, und als die Streicher mit ganz zartem Hauch das Stück beendeten, wurde die Umgebung des Konzertsaals wieder sichtbar. Teiko hielt mit Freudentränen in den Augen ihre Geige fest und sah mich glücklich an. Ich konnte ihr Glück nur zu gut verstehen, denn mir ging es genauso.

Donnernder Applaus, Standing Ovations, mindestens zehn Minuten lang feierten die Konzertbesucher das Orchester und seinen grandiosen Dirigenten. Es war ein wirklich berauschendes Konzert gewesen. Der Saal leerte sich. Auch ich wurde von der Menge sanft hinausgeschoben, noch gar nicht ganz wieder zurück in dieser Welt.

Draußen ging ich wie im Traum Richtung Parkplatz und kam direkt am Bühneneingang an der Seite der Konzerthalle vorbei. In dem Moment stand Teiko direkt vor mir. Ihre Haare wehten im Frühlingswind und rochen betörend nach Ozon und Meeresbrise. Sie sah mir in die Augen und sagte leise mit angenehmer Stimme: „Danke für das Gewitter! – Ich allein hätte es nicht geschafft, obwohl es mein größter Wunsch war." Sie drehte sich um und eilte lachend mit ihren Kolleginnen und Kollegen davon. Kleine blaue Blitze knisterten funkelnd in ihren nachtschwarzen Haaren. „Ich danke auch dir!" rief ich ihr überglücklich hinterher.

Nach einiger Zeit war die CD von dem Konzert fertiggestellt und im Handel. Ich kaufte sie natürlich. Und nun sitze ich hier mit zitternden Händen und traue mich nicht, sie einzulegen.

Die Durchgespülten!

Es war der lange Winter 2009/2010, der selbst Mitte Mai noch nicht wirklich enden wollte. Nachtfröste und heftige Schneefälle in einigen Teilen des Landes sorgten dafür, dass die kalte Jahreszeit nunmehr in ihren achten Monat ging. Es war also noch schön ruhig und erholsam im Neubaugebiet. Aber es war die Ruhe vor dem Sturm, im wahrsten Sinne des Wortes, wie sich zeige sollte.

Ein nagelneuer, bleigrauer Tag mit kaltem Nieselregen quälte sich auf die Bühne des Lebens. Soweit war die Welt also für die schlechtwettergeplagten Bewohner des Neubaugebietes nicht in Ordnung – ein trüber Tag, an dem es keinen Spaß machen würde zu grillen.

Schon auf dem Weg zur Post fielen mir die beiden riesigen, orangefarbenen Pumpwagen mit der Aufschrift „Kanalreinigung" auf, die Kurs auf das Wohngebiet nahmen. Ich dachte mir auch nichts Böses dabei, als ich auf meinem Rückweg durch unsere Straße die ebenfalls in leuchtendes Orange gekleideten Arbeiter sah, die bereits emsig um einen der Pumpwagen herumwuselten, einen der in der Straßenmitte befindlichen Gullydeckel öffneten und einen recht dicken Schlauch mit einem eigenartigen Düsenkopf in die Tiefen des Abwasserkanals hinabsenkten. Aus den Lautsprechern der Pumpwagenmusikanlage grölte ein Lied von den Bläck Fööss mit dem Titel Et Kackleed, und im Vorbeifahren bekam ich gerade noch einen Teil der letzten Strophe mit: „Su künnte mir noch lang vum Kacke singe denn et es e herrlich Dinge …"

Dies alles hätte mich in allergrößte Alarmbereitschaft versetzen müssen, aber an diesem trüben, bleigrauen

Morgen war mein Betriebssystem noch nicht richtig hochgefahren. Im Rückspiegel meines Autos glaubte ich, als ich schon recht weit entfernt war, einen Anwohner gestikulierend aus dem Haus stürzen und einem der Arbeiter an die Gurgel gehen zu sehen, aber das war sicher eine Täuschung, die mein Bewusstsein nicht wirklich erreichte. – Hätte aber mal besser!

Ein paar dringende E-Mails mussten erledigt werden und ich war bei einer guten Tasse Tee ganz in meine Arbeit vertieft, als das Klappern eines Gullydeckels ganz in der Nähe immer noch von meiner selektiven Wahrnehmung ausgeblendet wurde.

Irgendwas begann allerdings langsam aber sicher zu stören. Es war das langsam anschwellende Geräusch der Motoren des Pumpwagens, das sich nun zu einem infernalischen Brausen steigerte. Seltsam, dachte ich, das hört sich ja komisch an …

Das heftige Brausen schien nicht nur von draußen zu kommen. Es hörte sich tatsächlich so an, als bahne sich das nun dumpfe Donnergrollen einen Weg unter das Haus, dessen Fundament ein wenig zu vibrieren begann. Ich ging nun doch etwas besorgt von meinem Arbeitszimmer in den Flur, um die Quelle des nun immer bedrohlicher werdenden Brausens zu ermitteln. Es kam eindeutig aus dem Gästeklo! Ich riss hastig die Tür auf und sah mit Entsetzen, dass gerade in dem Moment der Klodeckel aufflog und es im Klo heftig zu röcheln und rumoren begann! Der Klodeckel, der noch ein wenig flatterte, wurde nun von einer gewaltigen Wassersäule, die bis an die Zimmerdecke schoss, an die Wand gepresst. Dann kam das Gas! Unmengen von Methan direkt aus dem Abwasserkanal fauchte, immer wieder unterbrochen von der Wasserfontäne, empor und machte die Atmosphäre kaum noch atembar . Nur ein Funke hätte das ganze Haus in die Luft gejagt! Ein Zudrücken des Klodeckels brachte nicht viel, nun spritzte alles seitlich raus und versaute die Wände in Sekunden völlig. Einer plötzlichen Eingebung folgend stürzte ich die Treppe hinauf in unser Badezimmer – dort lauerte das gleiche grausige Bild auf mich: Geysire schossen nicht nur aus dem Klo, sondern auch aus dem Waschbecken. Auf der Gischtsäule des Klos gewahrte ich den Totentanz des kürzlich verendeten Goldfisches des Nachbarn. Als der Druck der Fontäne nachließ, sank der Verblichene mit ihr in die kloakendunkle Tiefe und fand dort für alle Ewigkeit sein nasses Grab.

Ich ging in die Küche: Dort fauchte mich eine stinkende Wassersäule aus der Spüle grimmig an. Ich stürzte hinaus, um einem der Orangenen an die Gurgel zu gehen. Der grinste nur und meinte gelassen: „Jau … bissel ekelich ne, abba nich schlimm!" Er hatte offensichtlich eine komische Vorstellung von Dingen, die nicht schlimm waren. Aus unserem Haus röhrte es nun wie ein brünstiger Elch, der sich übergeben musste und ich stürzte wieder hinein. Der Klodeckel im Gästeklo stand offen und gestattete den Blick in das nun nicht mehr geruchsverschlossene Klo bis tief ins röchelnde Abwasserrohr. Das Brausen verstummte nur langsam und man hörte deutlich ein hallendes Göllern und Rumpeln, das davon kündete, dass sich der Pumprüssel schleppend aus dem Kanal zurückzog … und noch etwas war zu hören: „… dröm rode mir üch all dot drieße weich un rund wä immer richtich kacke kann dä bliev jesund …" – Dann hörte man das Klappern eines sich schließenden Gullydeckels und das Starten des Pumpwagens, der nun den nächsten Deckel ansteuerte.

Plötzlich stand einer der Orangenen an der Haustür und fragte, in keinster Weise verschämt: "Darf ich bei Ihnen mal aufs Klo?!"

„Schlimmer kann`s nun auch nicht mehr kommen!", sagte ich und gewährte ihm Einlass in die Kammer des Schreckens. Ein fröhliches Liedchen trällernd verrichtete er lautstark sein Geschäft und ließ mich inmitten eines dezenten Jauchegeruchs im Flur stehen. Seitdem bekomme ich nervöse Zuckungen, wenn ich orangefarbene Pumpwagen der Kanalreinigung erblicke, egal wo!

Der reinste Horror

Annika stand vor den Filmregalen des Videoverleihs und strich mit den Fingern langsam über die Titelbilder der Videokassetten. Eine Kassette mit dem unheilschwangeren Titel "Nur Blut bleibt zurück" fiel ihr besonders ins Auge. Annika las leise vor sich hinmurmelnd den Text auf der Rückseite: "...alles, was Sie sich nur in Ihren schlimmsten Alpträumen vorstellen können... in diesem Film passiert es!" Das war genau das Richtige für sie. Annika lief ein erregender Schauer den Rücken herunter. Sie genoss Horrorfilme dieser Art ganz besonders, sie wirkten auf sie erregend. Dieser besondere Genuss dauerte aber immer nur so lange, wie sie vor dem Fernseher saß. Sobald der Film zu Ende war, stieg regelmäßig das beklemmende Gefühl der Angst in Annika hoch. Besonders, wenn sie allein im Haus war, konnte sie fast die ganze Nacht nicht schlafen. Sie schreckte dann manchmal schweißnass aus schlimmsten Alpträumen auf, saß Ewigkeiten wie erstarrt im Bett, bevor sie einen schnellen Blick darunter warf. Oft ließ Annika die ganze Nacht das Licht brennen und jedes Mal wünschte sie sich, diesen Film nie gesehen zu haben. Am nächsten Morgen waren die Schrecken wieder vergessen und sie empfand eine fast körperlich spürbare Lust auf einen neuen, noch schlimmeren Horrorfilm. Es war wie eine Sucht.

Zu Hause fand Annika unter dem Telefon einen Notizzettel von ihrem Mann: "Musste ganz kurzfristig nach München fliegen. Bin erst morgen Abend wieder zurück. Einen lieben Kuss – Peter." Im Schlafzimmer, wo auch der Fernseher stand, hatte Annika schon alles vorbereitet. Sie zündete die Kerzen des siebenarmigen Leuchters an, öffnete das Fenster, damit der Wind mit den Vorhängen spielen konnte. Die Atmosphäre musste schon stimmen, darauf legte Annika Wert. Schließlich startete sie mit zitternden Fingern den Videofilm.

In einer recht langen Vorgeschichte beschrieb der Film die Personen der Handlung und vor allem deren geheimsten Ängste. Und diese waren sehr vielfältig. Eine junge Frau hatte zum Beispiel entsetzliche Angst, alleine in den Keller zu gehen, ihre Freundin hatte panische Angst vor Käfern und Spinnen und ein kleiner dicker Mann, ein Kanalarbeiter, fürchtete ständig, in einem Rohr stecken zu bleiben und zu ersticken. Dann gab es da noch den kleinen Jungen, der immer glaubte, unter seinem Bett warte ein schreckliches Ungeheuer auf ihn. Alle wohnten in einem kleinen Dorf am Meer. Eines Nachts, der Vollmond stand schon hoch am Himmel, stieg eine nebelhafte Gestalt aus dem Meer auf und drang in die Häuser des kleinen Dorfes ein. In dieser Nacht geschahen die schrecklichsten und schaurigsten Dinge, denn die Ängste der Menschen wurden nun grausame Wirklichkeit. Die junge Frau, die Angst davor hatte, in den dunklen Keller zu gehen, wurde dort unten von einem riesigen, bestialischen Hund in Stücke gerissen. Zu sehen waren nur die furchtbar leuchtenden Augen der Bestie, grauenvolle Schreie drangen durchs Haus. Die andere Frau, die Angst vor Insekten hatte, wurde von unzähligen Spinnen und Käfern überfallen, die aus den Ritzen des Fußbodens quollen und die hilflose Frau mit ihren Verdauungssäften und Giften regelrecht zersetzten. Der kleine dicke Mann mit der Platzangst blieb tatsächlich nachts bei der Arbeit in einem Abwasser-

rohr stecken und wurde dort von einer Invasion gur-
kengroßer, schleimiger Würmer mit messerscharfen
Kauwerkzeugen zerstückelt. Das Wasser, das durch
die Rohre in ein Klärbecken floss, war blutrot. Der
kleine Junge schreckte in seinem Bett hoch. Das Fenster war geöffnet und der Wind spielte mit den Vorhängen. Angstvoll sah der kleine Junge vorsichtig
unter sein Bett und wurde augenblicklich von einem
Etwas, das gar nicht genau gezeigt wurde, unter das
Bett gesaugt. Später entdeckte man dort nur noch eine
große Blutlache.

So sehr Annika den Nervenkitzel genossen hatte, so
sehr ängstigte sie sich nun, nachdem der Film zu Ende
war. Stocksteif saß sie in ihrem Bett und wagte nicht
einzuschlafen. Nach einer Weile löste sie sich aus
ihrer Starre, schloss schnell das Fenster, schaltete die
Deckenbeleuchtung ein, blies die Kerzen aus und
versuchte sich zu beruhigen. Ungefähr nach einer
Stunde war sie dann doch wohl eingeschlafen. Die
Träume, die sie heimsuchten, waren noch weitaus
schlimmer als der Film, den sie gesehen hatte. Mit
einem erstickten Schrei fuhr sie im Bett hoch und
stellte erschrocken fest, dass es dunkel um sie herum
war. Sie tastete nervös nach dem Lichtschalter der
Nachttischlampe, fand ihn, drückte ihn, aber das Licht
ging nicht an. Panik stieg nun in ihr auf und kalter
Schweiß tropfte von ihrer Stirn. Sie musste einfach
unter das Bett sehen. Sie schrie, wie sie noch nie ge-
schrien hatte, denn sie blickte in zwei große, gelb
leuchtende Augen und ein kehliges Knurren drang ihr
entgegen. Wie von Furien gehetzt sprang Annika aus
dem Bett, warf in der Finsternis einen Stuhl um und
stieß sich an einer Möbelkante. Sie hastete in Richtung Tür und riss dabei noch den Spiegel von der

Wand, der in tausend Stücke zersprang. Endlich fand sie die Tür und stürzte auf den Flur. Aber auch dort ließ sich das Licht nicht einschalten. Halb wahnsinnig vor Angst rannte sie den Flur hinunter in die Küche, und wieder der Griff zum Lichtschalter. Das Licht ging an und Annika war zunächst von der Helligkeit geblendet. Als sich ihre Augen an die Helligkeit gewöhnt hatten, sträubten sich ihr die Nackenhaare, denn überall – auf dem Küchentisch, auf dem Fußboden, auf der Arbeitsplatte, im Flur – überall war Blut! Annika war kurz davor, den Verstand zu verlieren. Um sie herum herrschte tatsächlich das Grauen, der reinste Horror. Überall Blut! Sie irrte durch das ganze Haus. Das Licht brannte wieder und auf dem Treppenabsatz kehrte sie mit einem Schlag in die Wirklichkeit zurück. Dort saß nämlich in einer Ecke Tiger, ihr dicker, gefräßiger, rotgestreifter Kater, der gerade die letzten Reste eines blutigen Steaks verspeiste. Annika glaubte so etwas wie ein Grinsen in seinem Gesicht zu erkennen. Heftig atmend, aber sich langsam wieder beruhigend, schrie sie ihn an: "Du alter Schmutzbeutel!" Das Grauen hatte sich aufgeklärt. Am Abend zuvor hatte Annika eine Familienpackung Steaks aus der Kühltruhe genommen und zum Auftauen auf den Küchentisch gelegt. Tiger hatte offenbar die Gelegenheit genutzt, eine Extraportion Fleisch zu erobern. Irgendwas stimmte aber immer noch nicht und es dauerte nur wenige Sekunden, bis sie wusste, was es war: Die leuchtenden Augen und das schreckliche Knurren unter ihrem Bett. Mit ein paar Sätzen war sie im Schlafzimmer und sah mutig unter das Bett. Hier saß immer noch knurrend und fauchend Tigers Kollege Igor, der ebenso fette, graue Kater des Nachbarn. Auch er verteidigte tapfer ein Stück Steak.

Seit dieser Nacht war Annika von ihrer Horrorfilm-sucht geheilt.

Es wartet auf dich

Eines Nachts kam es aus den Tiefen der Erde zurück. Es schlich sich durch den Garten, in den Hintereingang und die lange Kellertreppe hinab zum alten Weinkeller. Eine schwache Vibration und ein betäubender Geruch markierten seinen Weg wie eine magische Spur. Es kam, weil es gerufen wurde, gerufen von einer gepeinigten Seele. Am Ort der Bestimmung angekommen wartete es geduldig, denn da, wo es war, gab es keine Zeit...

"Du Versager!" schrie Mary Robert hysterisch an. "Muss man denn alles selber machen?" Robert eilte in die Abstellkammer, um Kehrblech und Handfeger zu holen. Er war Beschimpfungen und Kränkungen dieser Art schon gewohnt. Roberts Hände zitterten, als er, unter immer neuen Beschimpfungskaskaden seiner Frau, die Überreste der Kristallvase zusammenfegte, die ihm aus der Hand gerutscht war. "Zieh dich wenigstens gescheit an, damit nicht gleich jeder Depp auf der Party sieht, dass du keinen Geschmack hast! Beeil dich, in einer halben Stunde müssen wir spätestens bei den Bergers sein!"
Mary tyrannisierte Robert, wo sie nur konnte, sie war egoistisch und kalt wie ein Eisblock, aber sie hatte die Figur und das Gesicht eines Engels. Zu Roberts Leidwesen liefen Mary daher alle Männer nach und sie genoss es, wenn Robert darunter litt. "Bist du nun endlich soweit?" fuhr sie ihn ärgerlich an. Mary trug

ein aufreizendes, knallenges, an Vorder- und Rückseite tief ausgeschnittenes, schwarzes Minikleid und hochhackige schwarze Lackschuhe. Marys lange, lockige, rote Haare umrahmten ein wunderschönes Gesicht, das so gar nicht zu ihrem Charakter passte und für Außenstehende eine perfekte Tarnung war.

Die Bergers gehörten zu den wohlhabendsten Leuten der Stadt und hatten zum Firmenjubiläum über hundert Gäste geladen. Mary amüsierte sich prächtig. Es dauerte wie üblich nicht lange und sie hatte einen jungen Verehrer, mit dem sie auch hemmungslos flirtete. Robert hatte wie immer das Nachsehen und lief verloren zwischen den Gästen umher. Schnell hatte Mary den nötigen Alkoholspiegel erreicht, um alle Hemmungen fallen zu lassen. Kay, so hieß der blonde, gut gebaute Junge, auf den sie es abgesehen hatte, war bereits in ihrem Bann. "Ich will es jetzt mit dir", flüsterte sie ihm lustvoll ins Ohr und Robert rief sie zu, so dass es auch viele andere hören konnten: "Wir gehen ein wenig in den Park, Kay und ich, hier ist es uns zu langweilig!" In Robert stieg hilflose Wut auf, denn er wusste genau, was die beiden vorhatten.

Draußen im Park war Mary in ihrem Element. An eine Marmorstatue gelehnt zog sie Kay nah an sich heran und küsste ihn lange und leidenschaftlich. Bevor sie zum Großangriff starten konnte, begann ein plötzlicher, heftiger Regen, der sie in wenigen Augenblicken bis auf die Haut durchnässte. Beide liefen nun auf die Kellertreppe zu, stiegen hastig die Stufen hinab und drückten die Türklinke hinunter. Die Tür gab nach und sie fanden sich in einem großen, alten Weinkeller wieder. Mary war bei der Liebe nicht gerade die Leiseste und hier unten, da war sie sich sicher, würde man sie nicht hören. Ihre Körper waren heiß und dampften vor Nässe in der kalten, muffigen Kellerluft. Kay war nun auch verrückt danach, Marys Körper zu spüren. Er fuhr mit beiden Händen langsam ihre Beine hinauf und schob ihr Kleid, das durch die Nässe noch enger schien, nach oben.

Oben im Salon des alten Herrenhauses traf Robert auf Kurt Berger, den Gastgeber. Kurt begrüßte Robert herzlich und die beiden unterhielten sich über ihr gemeinsames Hobby, das Angeln. Nach einer Weile sagte Kurt: "Weißt du was, Robert, wir sollten mal wieder einen ganz besonderen Wein trinken, du kennst dich ja im Keller aus. Geh doch runter und suche uns was Gutes aus, du weißt, ich vertraue nur dir den Schlüssel an." Robert nahm den Schlüssel lächelnd und machte sich auf den Weg, so kam er wenigstens auf andere Gedanken. Er ging die endlos lange Kellertreppe im Haus hinunter, einen langen Gang entlang und öffnete mit dem Schlüssel die Tür zum Weinkeller.

Nach ein paar Schritten konnte er heftiges Atmen und Stöhnen hören und er sah, wie sich hinter ein paar Weinregalen Kay und Mary gerade die letzten Kleidungsstücke vom Körper streiften. Da war sie wieder, die hilflose Wut, der Schmerz, das Leid in seiner Seele und er wünschte sich zum unzähligsten Mal, den Mut und die Kraft zu finden, Mary endlich umzubringen. Unfähig, sich zu bewegen, stand er unentdeckt hinter den Weinregalen, als Mary sich auf einen alten, grob gezimmerten Holztisch in einer Ecke des Kellers legte.

Beide spürten plötzlich eine leichte Vibration in sich und ein betäubender Duft raubte ihnen die Sinne. Wie im Rausch fuhren Kays Hände über Marys makellosen Körper. Mary zog Kay nun, ohne ihm die geringste Möglichkeit zum Ausweichen zu geben, langsam aber kraftvoll auf sich. In dem Moment brach es aus einem alten Schacht in der Wand hervor: dunkel, groß, schrecklich, unbarmherzig. Das grauenvolle Wesen, nur ein riesiges Maul mit Hunderten von spitzen Reißzähnen, begann vom Kopfende des Tisches her die wild kreischende Mary und ihren Liebhaber zu verschlingen. Schreie erstarben, Blut quoll pulsierend aus tiefen Rissen, welche die Zähne hinterließen und wurde zusammen mit den Körpern in das Maul wie in ein Vakuum gesogen. Mit schmatzenden und ekelerregenden Lauten verschwand das Monster, ohne Spuren zu hinterlassen, in Sekundenschnelle im Schacht.

Robert hatte alles mit angesehen. Er musste sich übergeben. Dort lag noch etwas vor der noch immer offenen Klappe zum Schacht des alten Geheimgangs. Es war Marys rechter Fuß, der noch in ihrem hochhackigen Lackschuh steckte. Robert hob ihn auf und plötzlich war sein Kopf ganz klar. Er überlegte kurz. Das hier war wirklich geschehen. Früher oder später würde man die beiden vermissen, aber man würde sie im Park suchen, dafür hatte Mary selbst gesorgt. Er war sie los, endgültig, und man würde keine Leiche und kein Blut finden. "Hier! Du hast noch was vergessen!"

schrie Robert schrill lachend in den Schacht und warf Marys Fuß hinein. In der Tiefe des Ganges hörte er schaurige Laute. Robert warf mit einer schnellen Bewegung die Klappe zum Schacht zu, verriegelte sie mit einem dicken Balken, suchte sich die beste Flasche Wein und trank mit Kurt Berger auf das Leben.

In der folgenden Nacht schlich ES sich leise aus dem Keller. Es folgte dem Ruf einer anderen gepeinigten Seele.

Der Aufzug des Grauens
oder
Warum Chefbüros immer ganz oben sein sollten und
ja oft auch sind ;-)

Heute war im Büro wieder die Hölle los. Sylvia zog
die Diskette aus dem Laufwerk des Computers, be-
schriftete sie und verließ das Schreibbüro in der sech-
zehnten Etage des Bürohochhauses. Auf dem Weg
zum Lift begegnete sie Peter, einem netten Kollegen
aus der Exportabteilung. "Na, musst du auch Über-
stunden machen?", sprach er Sylvia freundlich an.
"Heute ist es wieder echt schlimm!", entgegnete sie.
"Der Müller ist wirklich ein alter Kotzbrocken. Er hat
alle Angebote noch einmal neu diktiert, obwohl sich
inhaltlich gar nichts dadurch geändert hat. Das ist
einfach nur Schikane." – "Ja, er ist eben ein Diktator",
scherzte Peter, obwohl ihm dabei gar nicht zum Lachen zumute war. Müller quälte seine Angestellten,
wo immer er nur konnte, indem er ihnen immer mehr
Arbeit aufhalste, Urlaubspläne zunichtemachte und
Kollegen gegeneinander ausspielte. "Mit den Kalkulationen hat er es genauso gemacht", klagte Peter. "Ich
bin gerade auf dem Weg zu ihm."

Oben im Maschinenraum der Aufzuganlage begann
sich langsam das Spiegelbild des Grauens zu formen.

Sylvia und Peter betraten den Lift. Peter drückte die Zwanzig, und nachdem sich die Tür geschlossen hatte, setzte sich der Aufzug in Bewegung. Normalerweise dauerte die Fahrt nur wenige Sekunden, aber diesmal wollte die Kabine einfach nicht anhalten. Obwohl der Etagenanzeiger erst auf der Achtzehn stand, musste schon über eine Minute vergangen sein. Sylvia und Peter sahen sich erschrocken an. Der Aufzug fuhr noch immer. Plötzlich wurde das gelbliche Deckenlicht dunkler und färbte sich bläulich. Gleichzeitig wurde es schlagartig eiskalt in der Kabine. Der Atem gefror Sylvia und Peter fast vor dem Mund. Panik stieg in Sylvia hoch, doch als sie laut zu schreien begann, war alles wieder normal und der Aufzug hielt mit einem sanften Ding-Dong in der zwanzigsten Etage an. Mit pochenden Herzen stürzten Peter und Sylvia aus der Aufzugskabine auf den Flur. "Was um alles in der Welt war das?", keuchte Sylvia. "Keine Ahnung", stammelte Peter. "Wir sollten es dem Hausmeister melden!"

Müller war wieder ganz in seinem Element. Die Kalkulationen, die Peter brachte, stimmten seiner Meinung nach hinten und vorne nicht und Sylvias Angebotsschreiben entsprachen wieder nicht seinen Vorstellungen.

Oben im Maschinenraum der Aufzuganlage hatte das Grauen Gestalt angenommen und wartete.

Nachdem Peter und Sylvia völlig gefrustet wieder in ihre Abteilungen zurückgegangen waren, überlegte Müller, wen er heute noch zur Schnecke machen könnte. Spontan fiel ihm der Abteilungsleiter der Datenverarbeitung ein. Müller stürmte, mit einigen Auswertungen bewaffnet, auf den Flur. Mit schnellen Schritten betrat er den Lift, dessen Tür bereits geöffnet war, und drückte nervös gleich ein paar Mal auf die Zwei. Die Tür schloss sich unnatürlich langsam. Müller bemerkte es gar nicht. Er war in Gedanken schon bei seiner Gardinenpredigt in der Datenverarbeitung. Die Kabine setzte sich abwärts in Bewegung.

Oben im Maschinenraum der Aufzuganlage brauchte das Grauen nicht mehr zu warten. Sein Auftrag musste erledigt werden. Jetzt!

Der Aufzug war wenige Augenblicke, nachdem er angefahren war, mit einem harten Ruck stehengeblieben. Im Inneren der Kabine war es völlig dunkel. Müller, durch den Ruck hingefallen, richtete sich fluchend und schimpfend wieder auf, was ihm bei seinem Übergewicht nicht leicht fiel. Er tastete nach der Leiste mit den Knöpfen, aber da er in der Dunkelheit und durch den Sturz die Orientierung verloren hatte, suchte er zunächst auf der falschen Seite. Endlich fand er die Tastenreihe und drückte wahllos einige Knöpfe. Die Tasten, die er drückte, leuchteten auf und verbreiteten ein diffuses Licht in der Kabine. Ganz unten war die Notruftaste. Er schlug mit der flachen Hand darauf. Nichts geschah. Nun begann Müller mit beiden Fäusten an die Wände zu trommeln und um Hilfe zu schreien. Geduld war nicht seine Stärke und langsam stieg Angst in ihm hoch. So sehr er sich auch abmühte, niemand wurde auf ihn aufmerksam.

Die Zeit verging und nach zwei Stunden sackte er mutlos in sich zusammen. Nun befand sich sicher niemand mehr im Gebäude. Er würde die Nacht wohl hier verbringen müssen. Irgendwann fiel Müller in einen unruhigen Schlaf.

Mitten in der Nacht durchfuhr ein fürchterlicher Ruck die Aufzugkabine. Müller fuhr hoch. Es war eiskalt geworden und ein seltsames, bläuliches Licht schien von den Wänden auszugehen. Panik breitete sich in Müller aus. Er trat nun gegen die Seitenwände, von denen eine nachgab und schließlich umfiel. Müller entdeckte dahinter eine Leiter. Schnell lehnte er sie an die andere Wand. Gerade, als er hinaufsteigen wollte, öffnete sich ein Teil des Bodens und Müller begann mit einem erstickten Schrei durch das Loch hindurch zu rutschen, blieb aber mit seinem mächtigen Bauch stecken. Er hatte das Gefühl, immer schwerer zu werden. Unten im Keller schlug gerade ein Teil der Bodenplatte donnernd auf. Müller wusste nicht, wie er es geschafft hatte, sich wieder in den Aufzug zu ziehen, die Leiter hochzusteigen, die Deckenluke zu öffnen und auf das Dach der Aufzugkabine zu klettern. Er stand dicht neben den vier starken Stahlseilen, die den Aufzug hielten. Müller glaubte spüren zu können, wie er sich verdichtete, immer schwerer und schwerer wurde. Der Boden unter ihm begann zu rucken. Entsetzt sah Müller, wie einige Fasern der Stahlseile langsam ihre natürliche Drehung verloren, länger wurden und schließlich mit lauten Knallen rissen. Die Kabine ächzte und stöhnte. Müller hielt sich krampfhaft an den Seilen fest. Keinen halben Meter über ihm rissen wieder einige Faserstränge. Müller schrie wie am Spieß, als die letzten Seilfasern wie brüchige Gummibänder rissen. Plötzlich bekam er das Gefühl der Schwerelosigkeit, als die Kabine in die Tiefe raste. Er sah die Etagentüren im schwachen Licht der Schachtbeleuchtung an sich vorbeisausen. Die Fangvorrichtung hielt sich aus all dem heraus, und mit einem scheußlichen Geräusch zerschellte der Aufzug im dritten Untergeschoss.

Oben im Maschinenraum der Aufzuganlage war das Grauen mit seiner Arbeit sehr zufrieden und machte sich auf den Weg in eine andere Chefetage. Es war eine unschätzbare Arbeitserleichterung, dass Chefetagen immer ganz oben waren.

Schmunzelhorror am Kamin

Das Feuer knisterte im Kamin. Die brennenden Buchenscheite verbreiteten einen angenehmen Duft und feine Rauchschwaden hingen wie Nebelfetzen unter der Decke des alten Kellergewölbes. Das Licht des Feuers und der Kerzen spiegelte sich auf den Gesichtern der Anwesenden, zauberte geheimnisvolle Schatten an die Wände, und in den Ecken, in denen die Dunkelheit nicht weichen wollte, schien etwas Lebendiges zu lauern. Die Menschen im Raum waren heute hergekommen, um für eine Weile ihrer Welt zu entfliehen, um einzutauchen in eine Welt der Magie, der Geheimnisse und der Fantasie. Ein fünfarmiger Kerzenleuchter tauchte das alte Geschichtenbuch und das Gesicht des Vorlesenden in ein flackerndes zauberisches Licht, als dieser mit dunkler Stimme den Titel der nächsten Geschichte vorlas:

Wohin nur mit den Einwegflaschen?

Wütend und ungehalten trat Dietbert auf das Gaspedal. Die Frau, die er völlig durchnässt und vor Kälte zitternd im Regen am Straßenrand zurückgelassen hatte, tat ihm nicht im Geringsten leid. Er sah die Tränen in ihrem Gesicht nicht mehr, die sich mit dem kalten, nächtlichen Novemberregen vermischten. Er hatte sie abserviert, einfach fallengelassen, stehengelassen im Nichts – dem Nichts, aus dem sie vor drei Wochen aufgetaucht war. Dietbert sammelte Frauen wie andere Telefonkarten, nur mit dem Unterschied, dass er diese „Telefonkarten" noch „abtelefonierte", bevor er sie dann mit einem Foto, dem Vornamen, den

Maßen und einer Bewertung von eins bis sechs in einem Karteikasten ablegte. Anja, eine aufrichtige, junge und sehr liebe Frau, war hoffnungslos in ihn verliebt, was ihm grundsätzlich schon unheimlich war, und heute Abend hatte sie ihm gesagt, dass sie sich von ihrem Mann getrennt hätte, um frei für ihn zu sein. Nun, Dietbert war nicht der Typ von Mann, der sich wegen einer Frau von irgendjemand anderem trennen müsste. Nein, in eine solche Situation kam er erst gar nicht, denn er ging prinzipiell keine feste und schon gar keine längere Beziehung ein. Eine immer größer werdende Zahl von seelischen Scherbenhaufen pflasterte nun seit Jahren seinen Weg und ihm war das völlig gleichgültig. Er drehte das Autoradio lauter und nach kurzer Zeit empfand er eine tiefe Genugtuung darüber, dass es ihm wieder mal gelungen war, so ein lästiges, besitzergreifendes und blutsaugendes Insekt abgeschüttelt zu haben.

Das muss gefeiert werden, am besten mit einer Neu-eroberung, dachte Dietbert und schon war er wieder da, der zielstrebige Jagdinstinkt. Dietbert wusste ge-nau, an welchen Orten er nicht einmal auf seine Beute lauern musste, wo er einfach freie Auswahl hatte. Cafés, Bars, Szenekneipen, überall gab es Frauen im Überfluss, die einfach nur Spaß haben wollten. Sicher musste er oft lästige Nebenbuhler kaltstellen, aber darin war er der ungekrönte Champion – er war ein Blender und er verstand es, die Frauen mit einer durchaus witzigen, coolen Art zu beeindrucken und in seinen Bann zu schlagen. Heute Nacht wollte er sich aber nicht mehr besonders viel Mühe geben müssen, deshalb fuhr er direkt ins „Nachtcafé" am Marktplatz. Er kontrollierte seine blonde Kurzhaarfrisur im Rück-spiegel, obwohl es da nichts zu kontrollieren gab, und stieg aus. Ein Fetzen von Anjas Kleid klemmte noch in der Beifahrertür, den er ärgerlich abriss und in die Gosse warf. Das „Nachtcafé" war zu dieser Zeit immer sehr voll und er bahnte sich seinen Weg durch die Leute in dem rauchigen Raum. Die durchschnittliche Verweildauer der Gäste dieses Etablissements betrug ungefähr eine Stunde, dann hatte jeder sein passendes Gegenstück für eine Nacht, ein Wochenende oder länger gefunden. Dietbert mied Orte, an denen man Frauen fürs Leben kennenlernen konnte. Das mit Anja war eigentlich auch ein Versehen gewesen, sie war die Arzthelferin seines Zahnarztes. Aber bei einem so leckeren Törtchen konnte und wollte er nicht nein sagen.

Plötzlich stockte ihm der Atem – keine fünf Meter entfernt, fast am Ende der riesigen U-förmigen Theke, saß SIE auf einem Barhocker und nippte an einem Campari. Nein, nicht etwa Anja, die konnte Glück haben, wenn sie irgendwer noch von der Landstraße aufsammelte. Nein, es war der Wahnsinn des Universums, der da saß. Sie hatte eine perfekte Figur und trug ein wirklich gewagtes, schwarzes, schulterfreies, vorne geschnürtes Minikleid, hochhackige schwarze Schuhe und schwarze Nylons mit Mittelnaht. Als hätte das Schicksal es so gewollt – der Barhocker neben ihr war noch frei. Ihr ebenmäßiges Gesicht wurde von krausen blonden Haaren umrahmt, die auf eine aufreizende Art ihre bloßen Schultern umschmeichelten.

Sie grinste Dietbert frech an, als er sich mit pochendem Herzen näherte – wie immer in solchen Situationen saß es gut drei Handbreit tiefer. Wow, und diese Augen – sie waren intensiv grün, fast phosphoreszierend mit großen dunklen Pupillen, in die Dietbert bereits beim ersten Blickkontakt glaubte hineinzufallen.

„Mach den Mund zu und setz dich lieber zu mir", raunte sie mit einer warmen, absolut erotischen Stimme. Dietbert war hin und weg. Der Phenyläthylaminspiegel in seinem Blut stieg explosionsartig an – diese Chemikalie ist im Körper dafür zuständig, solche Zustände wie Dietberts herbeizuführen und das Denken vollends auszuschalten. Dietbert hatte sich nur noch scheinbar im Griff. Er bestellte, um Zeit zu gewinnen, zwei Campari und sagte genauso verführerisch zu ihr: „War das richtig so?" Nun begannen Worte und Gedanken nur so zu sprudeln. Er erfuhr schnell, dass sie erst seit zwei Tagen in der Stadt wohnte, natürlich hier noch keine Leute kannte und dass sie das gründlich ändern wollte – deswegen war sie auch hergekommen in diese Kneipe. Dietbert erfuhr auch ihren Namen – Elvania hieß dieses Wesen von einem anderen Stern. Wow, was für ein Name und was für eine Frau. Es dauerte auch nicht lange und ihre Gesprächsthemen wurden sehr viel intimer. Manchmal achtete Dietbert gar nicht auf ihre Worte, sondern nur auf ihre Wahnsinnsstimme, ihren Körper, ihre Bewegungen, ihren den Verstand betäubenden, animalischen Duft.
Manchmal glitt ihre Zunge genüsslich über ihre Lippen und hinterließ eine feucht glänzende Spur. Er wollte sie, er wollte sie unbedingt und in dieser Nacht. Und als die Stimmung genau richtig war für diese Frage und er sie wagte: "Gehen wir zu mir oder zu dir?", hauchte sie: "Zu mir, ich habe schon den Sekt kaltgestellt und den Kamin vorbereitet", in sein Ohr und schon fuhren sie mit ihrem schwarzen Daimler zu ihrem Apartment.

In der Tat war es ein Apartment mit Kamin, wo in wenigen Minuten ein Feuer knisternd brannte und eine behagliche Wärme verbreitete. Vor dem Kamin lagen unzählige, mit schwarzem Satin bezogene Bettdecken und Kissen, auf denen sie sich niederließen. Das Licht zahlreicher Kerzen verlieh dem eiskalten perlenden Sekt, der seine Wirkung nicht verfehlte, eine fast goldene Farbe. „Komm, zieh dich aus!", flüsterte sie ihm betörend ins Ohr, als sie aufstand und im Badezimmer verschwand. Dietbert ließ sich das nicht zweimal sagen und hatte sich gerade all seiner Kleidung entledigt, als Elvania wieder zurückkam. Sie war völlig nackt und ihr Körper war mehr als nur perfekt. Wow, und sie war eine echte Blondine – das war seiner Erfahrung nach recht selten. Sie ließ sich zu ihm in die Kissen gleiten und begann ihn zu küssen – überall und auf eine Art, die Dietberts Hirnzellen fast verdampfen ließ. Sie liebten sich ausdauernd, leidenschaftlich und phantasievoll – es war der Inbegriff dessen, was man sich unter wirklich gutem Sex nur vorstellen konnte. Als es ihnen beiden nach Ewigkeiten in anderen Dimensionen endlich – was im wirklichen Leben auch fast nie vorkommt – gleichzeitig kam, blinzelte sie kurz mit den Augen. Plötzlich waren ihre Pupillen nicht mehr rund, stattdessen verwandelten sie sich in senkrechte Schlitze und ihre Augen begannen zu glühen. Als sie dann leidenschaftlich seinen Hals wie im Rausch küsste, spürte er plötzlich einen stechenden, hellen, heftigen Schmerz. Er fühlte etwas Warmes, Klebriges über seinen Hals laufen und hörte nur ein schmatzendes, gurgelndes Geräusch von Elvania, das sich so anhörte wie: "Ups – hat's wehgetan?!" Nadelfeine, spitze Eckzähne bohrten sich in seine Halsschlagader und glühende Lippen tranken sein Blut. Er war vollkommen gelähmt und seine Kräfte und Gedanken begannen schnell zu schwinden. Alles drehte sich um ihn. Er sah plötzlich, wie im Nebel kleine, hässliche Monsterchen mit fürchterlichen Zähnen aus den wunderschönen Haaren Elvanias hervorkamen, die sich neugierig gaffend auf die Kissen rundum setzten, merkwürdige Geräusche von sich gaben und zu grinsen schienen. Dietbert glaubte in einen Tunnel zu fallen – einen tiefen Schacht, an dessen Ende aber kein Licht auf ihn wartete. Abgesehen davon war alles so, wie er es schon in vielen Büchern über Todesnäheerlebnisse gelesen hatte. Sein Leben schien wie im Zeitraffer noch einmal an ihm vorbeizuziehen. Er erlebte den Seelenschmerz jeder einzelnen Frau, die er ausgenutzt und schließlich fallengelassen hatte, nun in seiner eigenen Seele – er wusste gar nicht, dass es so viele waren. Gegen Ende des Lebensfilms wurden die Bilder dann langsamer. Dietbert sah noch einmal den leeren Barhocker in der Kneipe, nur wusste er jetzt, warum dieser noch leer war. Elvania hatte natürlich als waschechte Vampirin magische Fähigkeiten und sie hatte genau auf ihn gewartet – eine panikerzeugende Erkenntnis. Auch dass sie sich öfter, wie er meinte, erotisch und lustvoll über die Lippen geleckt hatte, musste er eindeutig missverstanden haben. Elvania war einfach nur das Wasser im Mund zusammen gelaufen durch den Geruch seines Blutes. Er fühlte sich leer und ausgenutzt. Aber das war auch das Letzte, was er fühlte, bevor es endgültig dunkel wurde – und blieb.

Elvania kam erst jetzt aus ihrer Ekstase, rülpste satt und zufrieden, leckte sich die letzten Blutstropfen von den Lippen, sah die kleinen pummeligen Monsterchen, ihre treuen Helfer, liebevoll an und lächelte verschmitzt. Sie zog Dietberts sterbliche Überreste an den Beinen zum Müllschlucker für den Glasmüll und beförderte ihn angewidert hinein. Der Körper polterte durch den Blechschacht und schlug im Keller mit einem hässlichen Geräusch auf. „Pfarum hast tu ihn tareingeworpfen?", brabbelte der Anführer der kleinen Monsterchen vorwurfsvoll. Leider hatte er, wie auch seine Freunde, einen Sprachfehler, den Elvania aber ganz süß fand. Irgendwann hatte sie aufgehört, den wilden Rackern Sprachunterricht zu geben. „Na, wo soll ich denn sonst hin mit diesen Einwegflaschen, hm?", fragte sie ihn und sah ihn dabei kokett an. „Aber keine Sorge, ihr könnt ihn natürlich wie immer haben, nur nicht hier oben, ihr ferkelt beim Fressen immer so furchtbar rum und ihr wisst ja selber, wie schwer es ist, die ganzen Eingeweide und das Blut wieder von Wänden, Möbeln und Teppich abzukriegen." Breit grinsend gab das kleine kugelige Ding den anderen einen Wink und Elvania hielt der wilden Horde den Müllschlucker auf, in dem sie alle trappelnd und schmutzige Trinklieder grölend verschwanden.

Dietbert lernte übrigens nichts dazu. Auch in seinem nächsten Leben war er ein alter Kotzbrocken. Er ar-

beitete in der Einkaufsabteilung eines großen Kaufhauses... aber das ist eine andere Geschichte.

Das Feuer im Kamin war fast niedergebrannt, als der
Geschichtenerzähler vom Buch aufsah. Er blickte in
die Gesichter der Anwesenden und sagte bedeutungs-
schwanger: "Tjaha! – So kann's gehen!!!"

Mikado

Langsam, sanft und geschmeidig wand sich die kleine Schlange Bernys Arm hinunter, umkreiste spielerisch sein Handgelenk, um sich danach in seiner Hand zusammenzurollen. Schlangen sind gar nicht kalt, ekelig und glitschig, so wie viele Menschen glauben. Mikado, so hatte Berny seine kleine Boa constrictor, eine Würgeschlange, liebevoll getauft, war wirklich nicht glitschig, ekelig oder kalt, sondern fühlte sich warm und samtig an. Gerade erst zwei Wochen alt war sie noch ein Schlangenbaby. Mikado war nicht einmal dreißig Zentimeter lang und zusammengerollt passte er gerade auf Bernys Handfläche.

Er hatte sich die kleine Schlange zu seinem zwölften Geburtstag von seinem Taschengeld einfach selbst gekauft. Seine Mutter war davon gar nicht begeistert. Sie hatte Angst vor Schlangen und ekelte sich vor ihnen. Einstweilen wurde Mikado aber zähneknirschend geduldet und wohnte in einem schönen Glashaus, das Berny selbst gebaut hatte, mit weichem Sand, ein paar Ästen, einer Höhle, in der sich Mikado verstecken konnte, und einer Wärmelampe, die über einem Stein befestigt war. Dieser warme Stein wurde Mikados Lieblingsplatz.

Er hatte einen gesegneten Appetit, und wenn er sich anfangs noch mit Mehlwürmern vergnügt hatte, mussten es bald lebende weiße Mäuse sein. Diese erwürgte er dann, indem er seinen Körper blitzschnell um sie schlang und so lange zudrückte, bis sie kein Lebenszeichen mehr von sich gaben. Danach begann er, sie genüsslich vom Kopf her zu verschlingen, bis nur noch der kleine Mauseschwanz aus seinem Maul rag-

110

te. Danach war dann immer ein längeres Verdauungs-schläfchen dran. Nach einigen Monaten gab sich Mi-kado auch mit weißen Mäusen nicht mehr zufrieden, nun mussten ausgewachsene Ratten herangeschafft werden.

Bernys Mutter bekam immer mehr Angst, außerdem war die Schlange ihr schon immer ein Dorn im Auge. Sie hasste Mikado regelrecht und eines Tages, Berny war gerade in der Schule, nahm sie all ihren Mut zu-sammen, zog sich Arbeitshandschuhe an, holte Mika-do mit zitternden Händen aus seinem Glashäuschen, warf ihn in die Kloschüssel und spülte ihn runter. Ihrem Sohn würde sie erzählen, dass Mikado ausge-rissen und sicher durch den Garten verschwunden war. Berny weinte tagelang und suchte lange nach seinem Lieblingstier, ohne Erfolg.

An Bernys Unglückstag öffnete im Gewerbegebiet der Stadt ein Arbeiter der neuen Gentechnikfirma einen großen Schieber und eine gentechnisch veränderte, grünliche, Gewebszellen enthaltende Flüssigkeit floss in die Kanalisation der Stadt. Diese Art der Entsor-gung war natürlich strengstens verboten, aber eine andere Beseitigung dieses bei Versuchen entstandenen Abfalls war zu kostspielig.

In einem Kaufhaus in der Innenstadt hob sich in der Kundentoilette langsam ein Klodeckel. Eine riesige, rote, vorne gespaltene Zunge schob sich durch den größer werdenden Spalt, dann wurde ein großer Schlangenkopf sichtbar, der langsam einen nicht enden wollenden Schlangenkörper nach sich zog, der fast genauso dick war wie das Abflussrohr selbst. Niemand bemerkte die gigantische Würgeschlange, als sie durch eine Wartungsklappe im Luftschachtsystem des Kaufhauses verschwand.

Dietbert arbeitete als Sekretär im Büro der Einkaufsabteilung des Kaufhauses. Er telefonierte gerade mit einer seiner Freundinnen, als es passierte: Ein riesiges Schlangenmaul, das aus einem defekten Lüftungsgitter schoss und einen gewaltigen Körper nachzog, schnappte blitzschnell nach seinem Kopf, der augenblicklich im Schlangenmaul verschwand. Es war ein Anblick, der einem das Blut in den Adern gefrieren ließ. Mit ungeheurer Schnelligkeit wickelte sich die Schlange um den Menschenkörper und zog sich zusammen. Knochen brachen unter der gewaltigen Muskelkraft und wenige Sekunden später bewegte sich Dietbert nicht mehr. Die Schlange begann nun den Körper hinunterzuschlingen, Blut und Verdauungssäfte quollen ihr aus dem Maul – ein makabrer Anblick! Nachdem auch Dietberts italienische Designerschuhe im Rachen der Schlange verschwunden waren, verschwand sie geräuschlos wieder im Luftschacht. Ein Verdauungsschläfchen war nun angesagt.

Auch diesmal lernte Dietbert übrigens nichts dazu. Auch in seinem nächsten Leben war er ein alter Kotzbrocken. Er endete ganz unten, genauer gesagt im dritten Untergeschoss eines Aufzugschachtes. Aber diese Geschichte kennen Sie schon...

Bernys Mutter leerte gerade die Waschmaschine im Keller, als es passierte. Das Abflussgitter am Boden sprang mit einem lauten Scheppern auf und ein riesiges Schlangenmaul umschloss blitzschnell ihren Kopf. Die Schlange hatte bereits die wild um sich schlagende Frau eingewickelt und begonnen, ihren erbarmungslosen Würgegriff zu verstärken, als Berny plötzlich in der Tür zur Waschküche stand. "Mikado! - NEIN!" schrie er aus Leibeskräften, und als habe die Schlange ihn wiedererkannt, hielt sie in der Bewegung inne. Eine Art telepathische Verbindung schien zwischen dem Jungen und der Riesenschlange zu bestehen. Lange starrten sie sich nur an, dann löste die Schlange sich unwillig von der nach Luft ringenden Frau. Missmutig verschwand Mikado wieder im Abflussrohr der Kanalisation und hatte Heimweh nach Bernys selbst gebasteltem Glaskasten mit dem warmen Stein unter der Wärmelampe.

Aber lange trauerte Mikado diesem Zwischenfall nicht hinterher, denn schon bald entdeckte er seine Vorliebe für das radioaktiv verseuchte Kühlwasser des nahegelegenen Kernkraftwerkes. Hier wuchs Mikado noch um ein Vielfaches, aber das ist eine ganz andere Geschichte.

Die Gründung der ersten internationalen Monster-Gewerkschaft

Dietbert hatte heute Abend schon viele schräge Gestalten durch die Schranke am Pförtnerhäuschen des Bürogebäudes gelassen. Dabei glaubte er sich in sämtliche Monsterfilme aller Zeiten zurückversetzt. Frankensteins Monster kam in einem schwarzen Daimler zusammen mit einer megahübschen Frau hier durch – merkwürdig an ihr waren allerdings die spitzen Eckzähne und die kleinen knuddeligen Monster in ihren wunderschönen, blonden Haaren. Eine wirklich riesige Riesenschlange kroch unter der Schranke her, der leibhaftige weiße Hai tänzelte auf seiner Schwanzflosse an Dietberts Fenster vorbei und füllte das Pförtnerhäuschen mit echt üblem Mundgeruch.

Das Schlimmste und Alptraumhafteste überhaupt schlich sich fast lautlos an – es war einfach nur ein riesiges Maul mit den fürchterlichsten Zähnen und blutrünstigsten Häckselwerkzeugen, die er jemals gesehen hatte. Ein ganzer Pulk von Gremlins und Critters zogen grölend und sichtlich betrunken unter der Schranke durch, gefolgt von einem Riesenkrokodil, dessen Auge das gesamte Fenster der Pförtnerloge ausfüllte. Niemals hätte er unter normalen Umständen all diese Typen reingelassen, aber alle hatten eine offizielle Einladung vorgezeigt. Nun kam auch noch der Protagonist des Films, von dem er damals die schlimmsten Alpträume seines Lebens bekommen hatte, höchstpersönlich auf sein Häuschen zugeschleimt: Alien! Es kam mit dem, was sein Kopf sein sollte, ganz nah an das offene Fenster und schleimte auf das Fensterbrett, das sodann dampfend und stin-

kend verschwand. Dietbert fragte, wie bei den Anderen auch, nach der Einladung, erntete aber nur so etwas wie ein Kopfschütteln des furchterregenden Gesellen. „Tja", sagte Dietbert in berufsmäßig entschlossenem Ton, „dann darf ich Sie leider hier nicht durchlassen!" Alien murmelte heiser so etwas wie „Tja, das war die falsche Antwort", fuhr seine heftig schleimtropfenden Fresswerkzeuge aus dem Maul aus, zerrte Dietbert blitzschnell damit aus dem Fenster und schleppte ihn in eine dunkle Ecke. Die Geräusche, die Dietberts Ableben begleiteten, hätten ausgereicht, um hundert Gewerkschaftsfunktionäre sich stundenlang übergeben zu lassen – womit wir beim Thema wären. An der Tür zum großen Konferenzsaal im ersten Stock stand in großen Buchstaben „Gründungssitzung der ersten internationalen Monstergewerkschaft, Eintritt für Nicht-Monster nur unter Lebensgefahr!" Alle waren schon um den großen Konferenztisch versammelt, als Elvania, die erotischste Frau des Universums, den Raum betrat. Sie hatte freiwillig den Vorsitz der heutigen Gründungssitzung übernommen. Ein bewunderndes, monsterhaftes Raunen ging durch die Reihen der Anwesenden. „So, Leute", begann Elvania und läutete eine Tischglocke. „Darf ich um eure Aufmerksamkeit bitten! Wir sind hier heute zusammengekommen, um euer Image in der Öffentlichkeit ein wenig aufzupolieren. Dafür bedarf es aber einer handlungsfähigen Organisation, die wir heute in Form einer Art Gewerkschaft ins Leben rufen wollen. Ich freue mich, dass einige wichtige Vertreter eurer Zunft heute hier so friedlich versammelt sind."
Das Killerkrokodil hatte gerade, um seiner Anatomie gerecht zu werden und sich einen ergonomisch günstigen Sitzplatz zu verschaffen, ein keilförmig gezack-

tes Stück der Konferenztischplatte herausgebissen und Frankensteins Monster machte etwas nervös den Reißverschluss für sein Gehirn auf und zu. Der weiße Hai verschlang gerade drei Thermoskannen mit Kaffee und ES spielte sichtlich mit dem Gedanken, ein paar Critters einzusaugen, verkniff es sich aber im letzten Moment. Elvania bemerkte es und meinte: „Seht ihr, das ist genau das, was ich meine. Um etwas mehr Anerkennung und Sympathie unter den Menschen zu erwerben, müsst ihr versuchen, euch anders zu benehmen. Natürlich haben die Menschen euch so geschaffen, wie ihr nun mal seid, aber das heißt noch lange nicht, dass ihr so bleiben müsst." Weiter kam Elvania in ihren Ausführungen nicht, denn die doppelflügelige Eingangstür wurde aufgestoßen und Alien schleimte eilig mit der wild um sich schlagenden Serviererin, die heute Abend hier für die Getränke sorgen sollte, auf den Klauen herein, legte sie krachend auf den Konferenztisch und murmelte beiläufig: „Sorry, habe mich ein bisschen verspätet, der Pförtner wollte mich nicht reinlassen." Aus seinem Maul hing noch ein Stück linke Oberkörperhälfte mit der entsprechenden Menge Anzugsjacke und dem Namenschildchen „Dietbert Müller".

Alle starrten nun neugierig auf die zappelnde Serviererin auf dem Konferenztisch. Alien grinste begeistert und gluckste: „Sie iss gleich soweit – iss'n neues von mir entwickeltes Schnellverfahren, einfach genial, geht nun in wenigen Minuten." Plötzlich bewegte sich der Bauch der Frau, Blut spritzte in alle Richtungen und die Bauchdecke riss samt T-Shirt auf. Zwei kleine Aliens erblickten grinsend das Licht der Welt und bewarfen sich kichernd mit Eingeweidestückchen. Die Frau, auf deren Namensschildchen „Mary" stand –

den Nachnamen konnte man nicht mehr entziffern – rührte sich nicht mehr. „Versteht ihr jetzt, was ich meine?", sagte Elvania entrüstet. „So darf das einfach nicht weitergehen mit euch. Und überhaupt, wer macht nun die Sauerei hier wieder weg?" – „Pfein, pfein", fiepten die kleinen knuddeligen Monsterchen, die ständig in Elvanias Haaren wohnten, begeistert. „Pfier erledigen das schon." – „Kommt nicht in Frage! Ihr ferkelt beim Fressen immer so rum und saut den Raum hier nur noch mehr ein", entgegnete Elvania energisch. „Dürfte ich vielleicht.....", räusperte sich ES dumpf und etwas verlegen. „Wird ne saubere Sache – versprochen!", ergänzte ES sein Angebot. „Ja bitte", seufzte Elvania sichtlich erleichtert. Und schon wurde Mary, von den Füßen angefangen, von dem riesigen Maul verschlungen. Blut quoll aus tiefen Rissen, die die Zähne hinterließen, und wurde zusammen mit dem Körper in das Maul wie in ein Vakuum gesogen. ES tat abschließend einen mächtigen Rülpser und murmelte: „Komisch, der Geschmack kommt mir sehr bekannt vor", und fiel in ein tiefes Verdauungsnickerchen. „Das hätte ich genauso gut gekonnt", zischelte Mikado, die Riesenkillerschlange, und rollte sich beleidigt auf dem Konferenztisch zusammen. „So", sagte Elvania entschlossen, „jeder von euch macht nun einen Vorschlag, was er ganz persönlich machen wird, um sich ein wenig beliebter zu machen." Sie ließ von den Gremlins Zettel und Kugelschreiber verteilen und alle grübelten, was sie schreiben sollten. Als endlich alle ihre Zettel ausgefüllt und zusammengefaltet hatten, sammelten die Critters sie ein und brachten sie Elvania, die sie, immer breiter grinsend, las. Schließlich nickte sie und verpflichtete jeden Einzelnen, den gemachten Vorschlag auch in die Tat umzusetzen.

Und in der Tat: In der Zeit nach der Gründungssitzung der ersten internationalen Monstergewerkschaft geschahen seltsame Dinge. Alien gab Kochkurse an der Volkshochschule mit dem Thema „Gerichte mit Füllungen", die Gremlins machten sich mit einem Partyservice selbstständig und die Critters absolvierten in China eine Fachfortbildung in Akupunktur und waren seither ein Segen für die Menschheit. Mikado half anblicksgeplagten Menschen, die Gartenzwerge des Nachbarn zu zerquetschen und übernahm den Vorsitz in einer entsprechenden Selbsthilfegruppe. ES bemühte sich um eine Anstellung als Müllschlucker in einem Schlachthof. Frankensteins Monster gab Geigenunterricht an der örtlichen Musikschule. Der weiße Hai gab Schwimmunterricht für Kinder an der Familienbildungsstätte. Elvania bewarb sich als MTA bei freiwilligen Blutspendeaktionen und ihre kleinen, knuddeligen Monsterchen halfen Kindern mit Sprachfehlern. Abschließend sei noch das Killerkrokodil erwähnt: Dieses stellte sich nach dem Adventssingen im Gemeindezentrum als Mehrfach-Nussknacker zur Verfügung.

Alte Geschichten

Die nachfolgenden Texte waren die ersten Geschichten, die ich geschrieben habe. Sie entstanden in den 80er Jahren und wurden erstmalig 1992 in dem Buch „Wenn die Grenzen zerfließen" veröffentlicht. Das Buch wird so nicht mehr nachgedruckt und auf diese Weise kann ich die Texte noch verfügbar halten. Manch ein Autor hätte alte Texte von sich an der Biegung des Flusses vergraben und wäre froh gewesen, das Mäntelchen des Vergessens darüber decken zu können. Ich habe die Texte aber damals so geschrieben, sie waren überall im Buchhandel erhältlich und die Auflagen wurden alle restlos verkauft. Vielleicht hatte ich einen Nerv getroffen. Es war eine ganz andere Zeit, in der diese Texte entstanden, das kann der Leser deutlich spüren. Viel Spaß nun auf der kleinen Reise in meine Anfänge. ☺

Ach, noch etwas: Heute würde sicher kaum ein Autor mehr seinen Protagonisten Kevin nennen! Aber damals war das durchaus üblich, und daher habe ich der Versuchung widerstanden, einfach durch *suchen* und *ersetzen* den Namen zu ändern, was nur ein paar Klicks gekostet hätte.

Prolog:

„Zwei Wesen in einer durchscheinenden Kugel aus Licht... sie gehören zusammen für die Ewigkeit und treiben mit vielen anderen Lichtkugeln im Niemandsland zwischen den Welten... durch die Geburt werden sie getrennt... ein sehr schrecklicher und schmerzhafter Vorgang... nun suchen sie sich... ruhelos... voller Angst, einander nicht wiederzufinden... sie haben nur eine einzige Möglichkeit, sich zu erkennen... ihre Augen... ihre Augen werden durch die Jahrtausende immer gleich bleiben... manchmal glauben sie schon, ihren Kugelbewohner wiedergefunden zu haben... aber oft ist es wohl doch ein Irrtum... und dann ist da wieder diese Leere... so geht das vielleicht jahrelang... jahrzehntelang... irgendwann glauben diese beiden Menschen nicht mehr, dass sie einander wiederfinden... irgendwann wissen sie nicht einmal mehr, dass es den anderen gibt... aber ein schmerzendes Heimweh bleibt."

Mit einer warmen, sympathischen Stimme beendet der Radio-Moderator eine uralte Geschichte aus der griechischen Mythologie und spielt die nächste Musik. Danach ist Werbung dran – alles schon Routine. Seine Finger liegen bereits auf der Taste, die nun gleich die Senderkennung abfährt, und schon trällert die Erkennungsmelodie über den Sender. Der Blick des Moderators wandert hinüber zu seiner netten Kollegin, die die nächste CD bereits vorgelegt hat. „Alles klar?“, fragt normalerweise dieser Blick. Sie nickt und zeigt auf CD-Player Nr. 2. Der Moderator legt den Finger auf die zugehörige Taste auf dem Mischpult, die schon in Bereitschaft leuchtet. Die Senderkennung endet mit einer Art Tusch. Jetzt!!!, jetzt müsste er die Taste drücken, aber er kann es nicht, denn die Blicke der zwei Menschen im Studio treffen sich. Eine peinliche Sendelücke entsteht. Vielleicht sind es fünf Sekunden... eine Ewigkeit! Endlich drückt er wie im Traum die Taste und die Sendung geht ganz normal weiter. Die nette Kollegin hatte dem Moderator genauso hypnotisiert in die Augen gesehen.

„Was war los?", fragte sie fast erschrocken.

„Keine Ahnung", stammelte er, aber die winzige Spur einer vertrauten, liebevollen Erinnerung flackerte kurz auf und verschwand wieder... und zurück blieb eine seltsame Leere...

Mondlicht über dem Schneefeld

Kevin glaubte es überstanden zu haben, aber jetzt, als er hier, mitten in der Nacht, in den verschneiten Dünen der kleinen Insel stand, und der volle Mond, fast unwirklich groß über dem Schneefeld vor dem alten Leuchtturm, sein durchscheinendes, silbernes Licht verstrahlte, kehrten die Erinnerung und der Schmerz in sein Bewusstsein zurück.

Von einer Sekunde zur anderen schlug Kevins Herz schneller. Sein Atem, der ihm in Schwaden fast vor dem Mund gefror, wurde heftiger. – „Warum?!", schrie er den Mond an. „Warum kann es nicht endlich aufhören?!" Warum konnte er nicht wie andere Menschen auch bei Vollmond über Dächer wandeln, den Kühlschrank plündern, sich in einen Werwolf verwandeln, auf eine fürchterliche Sauftour gehen, oder einfach tief und traumlos schlafen?

Normalerweise kroch es in Vollmondnächten durch seinen Schlaf und seine Träume. Warum traf es ihn heute und gerade in dieser Nacht mit dieser ungewöhnlichen Härte?

Er war auf die kleine Insel gekommen, um ein paar Tage auszuspannen, sich zu erholen und neue Kräfte zu tanken. Kevin liebte das Meer und die Insel zu dieser Jahreszeit, wenn der Wind das Meer peitschte und ihm das Gefühl ganz besonderer Lebendigkeit gab.

Es gab aber auch Tage und Nächte zu dieser Zeit, an welchen kein Wind spürbar war und das Meer nur von seinem ureigenen Rhythmus angetrieben beruhigend rauschte. Reifkristalle an den Dünengräsern glitzerten dann im Licht des Mondes und formten zarte, zerbrechliche Kunstwerke in einer stummen und friedlichen Welt des Schweigens.

Heute war eine solche Nacht. Kevin hatte tagsüber die Insel in einer langen Strandwanderung umrundet, und nach einem guten Abendessen war er wohlig erschöpft ins Bett gefallen. Irgendetwas hatte ihn gegen Mitternacht aus seinem verdächtig traumlosen Schlaf geweckt, und Kevin hatte sich wieder an den Vollmond erinnert.

Unfähig, wieder einzuschlafen, beschloss er, noch eine kleine Wanderung durch die Dünen zu unternchmen. Dank dem Licht des Mondes und der es reflektierenden Schneedecke lag ein helles, seltsames, zartes Licht über der Insel.

Da lief Kevin nun im Schnee und spürte es plötzlich – ein körperlich schmerzendes, quälendes, trauriges Heimweh. Dieses schreckliche Gefühl nahm ihn ganz gefangen und lähmte ihn fast.

Der Mond stand jetzt hoch über dem alten Leuchtturm, dessen verwitterte Eisentür halb offen war. Das
nahe Meer rauschte leise und friedlich. Die Luft roch
salzig. Kevin beschloss, durch die Tür in den Leuchtturm zu gehen. Schon oft war er die alte, steinerne
Wendeltreppe zur Leuchtfeuerkuppel hinaufgestiegen,
um von oben den schönen Blick über die Insel und das
Meer zu genießen. Durch die schmalen Fenster auf
dem Weg über die enge Treppe nach oben schien nur
ein schwaches Licht auf die Stufen, und Kevin musste
achtgeben, nicht zu stolpern. Je höher er stieg, umso
enger wurde die Wendeltreppe. Ihr letztes Stück bestand aus eisernen Gitterstufen.
Schnell atmend, mit pochendem Herzen, erreichte
Kevin die alte Leuchtfeuerkuppel, in deren Mitte eine
seltsame Maschine auf einer Art Podest montiert war
– die Leuchtfeueranlage. Sie war schon seit vielen
Jahren außer Betrieb. Wohl aus technischen Gründen
hatte man einen neuen Leuchtturm am anderen Ende
der Insel errichtet. Kevin trat an die Innenseite der
Glaskuppel heran und sah nach draußen. Die Aussicht
war beeindruckend und geheimnisvoll zugleich.
Im Westen warf das Leuchtfeuer des neuen Leucht-
turms seine Lichtfinger weit über die schneebedeckte
Insel und das Meer. Im Osten lag der verträumte kleine Ort der Insel mit seinen Häuschen und den Lich-
tern. Sanft schloss sich die Dünenlandschaft an den
Ort an; sie erstreckte sich bis zum Meer, dessen Ober-
fläche an einen leuchtenden Spiegel erinnerte. Die
gesamte Szenerie war merkwürdig klar und deutlich
zu erkennen.
Die flimmernde Meeresoberfläche wirkte wie hypno-
tisch auf Kevin, der seinen Blick nicht mehr abwenden konnte. Das ihm schon bekannte Gefühl, in ein

tiefes, schwarzes Loch zu fallen, ließ sein Bewusstsein langsam in eine andere Ebene wandern, und diesmal war es die Erinnerung, die in dieser Ebene auf ihn wartete.

Vor einem Jahr hatte alles begonnen. Es war, genau wie diese, eine Vollmondnacht, in der Kevin zum ersten Mal in seinem Leben wie nach einer unendlich langen Reise nach Hause kam. Kevin war ein junger Mann, der mit seinem Leben eigentlich ganz zufrieden war. So glaubte er jedenfalls.
Wie so oft war er mal wieder geschäftlich auf Reisen, als er eines Abends auf der Suche nach einem Nachtquartier durch ein enges Tal in den Bergen fuhr. Nach einer Weile zweigte von dieser noch einigermaßen gut ausgebauten Straße eine kleine Nebenstraße ab. Es war unlogisch, aber er bog wie ferngesteuert in diesen Weg ein. Schon am Morgen hatte Kevin bemerkt, dass irgendetwas anders war als sonst, aber er konnte nicht genau sagen, was es war. Es war mehr als nur ein komisches Gefühl. Die schmale, holprige Straße wand sich nun in engen Kurven aus dem Tal einen Berghang hinauf.
Scheinbar endlos erschien diese Straße, denn es ging um immer neue Kurven höher und höher. Der Motor des Wagens heulte, Kevin war das Fahren im Gebirge nicht gewohnt. Ganz unvermittelt endete der Weg plötzlich auf einem Felsplateau. Ein elektrisierendes Kribbeln lief Kevins Rücken hinunter, als er die Umgebung richtig wahrnahm.

Eine kleine Hütte, hinter deren Fenster ein warmes, freundliches Licht leuchtete, schmiegte sich an den Felsen. Warum war Kevin hier?? Er schien wie aus einem Traum zu erwachen, öffnete die Tür seines Wagens und stieg aus. Seltsam, dachte er, es ist gar nicht kalt hier oben. Der Mond tauchte die Hütte und die Felsen in ein zauberisches, bläuliches Licht. Wie von einem Magneten angezogen schritt Kevin langsam auf die hölzerne Tür der kleinen Hütte zu und klopfte an. Es dauerte nur wenige Augenblicke, dann wurde die Tür knarrend von einer wunderschönen jungen Frau geöffnet.

Ihre Augen! – Kevin blieb fast das Herz stehen. – Etwas stimmte nicht mit ihren Augen; sie waren so schön und dunkel wie das Weltall und Tausende kleiner Sternchen funkelten darin. Diese Frau hatte er noch nie im Leben gesehen, und doch glaubte er, sie zu kennen.

Lächelnd bat sie ihn, hereinzukommen und sprach mit einer lieben, warmen, aber sehr dunklen Stimme: „Du hast lange gebraucht, um mich zu finden, aber ich wusste, dass du heute Nacht kommen würdest." Kevin sah sie erstaunt an. Sie lächelte herzlich, nahm ihn bei der Hand und führte ihn in ein gemütliches Zimmer voller alter Möbel. Unzählige große und kleine Kissen und Decken, die aus allen möglichen Stoff- und Wollresten zusammengenäht waren, lagen auf dem Boden zwischen alten Büchern, Schachteln, Steinfiguren und fremdländischen Gefäßen. Überall standen brennende Kerzen und verbreiteten ein warmes Licht. In der Ecke knisterte ein Kaminfeuer und wärmte den kleinen Raum. Kevin konnte immer noch nicht sprechen. Die junge Frau bedeutete ihm mit einer einladenden Geste, sich zu setzen. Als sie saßen, blickten sie sich in die Augen. Kevin hatte das Gefühl, in diese dunklen, fast schwarzen Augen hineinzufallen.

„Ich bin Kyra“, sagte sie, „und du bist Kevin, aber unsere Namen sind unwichtig, denn wir trugen viele Namen und man wird uns noch viele Namen geben.“ Kyra war wunderschön. Nie zuvor hatte Kevin eine so traumhaft schöne Frau gesehen. Ihr ganz kleingelocktes seidiges Haar fiel sanft über ihre Schultern bis zu den Hüften. Aus einer tönernen Karaffe goss sie dunklen Rotwein in zwei Becher und reichte ihn Kevin. Als er den kühlen Becher in der Hand fühlte, wich die Starre von ihm und auch er lächelte sie nun freundlich an. Noch etwas unsicher hörte er sich sagen: „Es klingt total verrückt, ich war niemals hier, aber ich kenne dich, kann aber nicht sagen, woher. Warum ich hier bin, weiß ich auch nicht. Ich weiß nur, dass ich einfach in diesen Seitenweg einbiegen musste.“ Sie tranken gleichzeitig ihre Becher mit einem Zug leer, als wollten sie etwas hinunterspülen. Kevin hatte plötzlich das Gefühl, als wenn es Kyra ähnlich ging, denn auch sie hatte etwas Hilfloses in ihrem Blick. Beide rückten sie nun ganz nahe zusammen, und ihre Hände berührten sich.

Genau das hätte wohl nie passieren dürfen, denn was nun geschah, war unglaublich. Ein leichtes Sirren lag plötzlich in der Luft, und eine elektrisierende Aura erfüllte den Raum. Dann war es, als schlösse sich langsam eine unsichtbare Kugel um Kyra und Kevin. Von nun an gab es für die beiden keine Außenwelt mehr. Es gab nur noch sie.

Die beiden begannen, sich ihr ganzes bisheriges Leben zu erzählen. Beide hatten keine angenehme Kindheit erlebt. Sie stellten fest, dass sie vieles unabhängig voneinander ähnlich erlebt hatten. Sie teilten Kummer, Schmerz und Traurigkeit, sie durchlebten gemeinsam nochmals ihre Vergangenheit, erkannten, was gut und was schlecht daran gewesen war. Sich immer vertrauter werdend, verrieten sie sich ihre geheimsten Wünsche, Träume, Ängste und Hoffnungen. Ihre Hände hatten sich vor Hunderten von Jahren schon einmal zärtlich berührt, das wussten sie mit einem Mal ganz genau. Sie redeten fast die ganze Nacht miteinander, und als die Kerzen fast niedergebrannt waren, und vom Feuer im Kamin nur noch etwas Glut übrig war, erlosch auch der geheimnisvolle sirrende Ton in der Luft.

Kyra und Kevin halfen sich gegenseitig behutsam und liebevoll aus ihrer Kleidung. Kyras Körper war von einer atemberaubenden Schönheit und Sinnlichkeit. Das Mondlicht fiel durch ein Fenster im Dach auf ihr Lager, als sie sich zärtlich und leidenschaftlich liebten. Es gab keine Gedanken mehr. Es gab nur noch das Gefühl, nach einer unendlich langen Reise durch Raum und Zeit endlich nach Hause gekommen zu sein. Nicht nur ihre Körper wurden eins, auch ihre Seelen berührten sich in unendlicher Liebe und tiefem Verständnis. Es gab nicht mehr Kyra und nicht mehr Kevin. Vereint fielen sie in einen abgrundtiefen Schlaf. Auf ihrer Haut glitzerten winzige kleine Tröpfchen wie Sternensand.

Im Schlaf war ihnen so, als wenn eine liebevolle, väterliche und sehr vertrauenswürdige Wesenheit sie bei den Händen nähme und sie das Prinzip der Liebe lehrte: Geben und Nehmen, Achtung, Verständnis und Vertrauen. Tränen liefen über ihre schlafenden Gesichter. Kyra und Kevin waren sich selbst begegnet, und als sie morgens erwachten, wussten sie, dass die Liebe, nach der sie ein Leben lang gesucht hatten, in

ihnen selbst war. Sie mussten nicht mehr danach suchen.

Kyra trug an einer kleinen Goldkette zwei kleine,
seltsam bläulich schimmernde Steine um den Hals,
und als sie sich am nächsten Tag, die Sonne stand
schon hoch am Himmel, verabschiedeten, legte Kyra
einen der beiden Steine liebevoll in Kevins Hand.

„Es ist ein magischer Mondstein", erklärte Kyra ihm.
„Bei Vollmond können sich unsere Seelen durch die
Hilfe dieses Steines berühren."

Und so war es. In Vollmondnächten begegneten sich
ihre Seelen, und schreckliches Heimweh durchdrang
sie. Kevin fuhr noch oft die Straße im Gebirge entlang, aber er fand die kleine Abzweigung in den holp-
rigen kleinen Weg nicht mehr. So war es dann zwölf
Monde lang.

Die flimmernde Meeresoberfläche tauchte langsam
wieder vor seinen Augen auf. Tränen liefen über sein
Gesicht. Es war alles so real gewesen...

„Ich weiß, wie das ist!", erklang eine angenehme,
freundliche Stimme hinter ihm. Wie vom Blitz getroffen wirbelte Kevin herum. Er glaubte nun endgültig
den Verstand zu verlieren, als er in das fröhliche Gesicht eines jungen Mädchens blickte. Es hatte diese
Worte sehr sanft gesprochen, dennoch war Kevin sehr
erschrocken.

„Hab keine Angst, ich bin Rhenina, deine ganz persönliche Märchenfee. Ich habe deine Reise in die
Vergangenheit miterlebt", sprach sie verständnisvoll

weiter. Ihre langen Haare waren knallrot und standen lustig ein wenig von ihrem Kopf ab. Rheninas fransige Kleidung leuchtete in den Farben des prächtigsten Regenbogens.

„Ich kann dein Heimweh heilen. Du wirst Kyra irgendwann wiedersehen, aber bis dahin – suche nicht mehr nach ihr. Der Mondstein, den sie dir gab, wird dir von nun an helfen, die Liebe, die du in dir trägst, auch in die Welt zu tragen. Und ich werde dich lehren, auf dem Regenbogen zu tanzen, denn das heilt Heimweh, und keine Traurigkeit wird mehr in dir sein."

Sie berührte mit beiden Händen die alte Leuchtfeueranlage, die seit Jahren defekt war. Mit einem donnernden Fauchen fegte eine mächtige Dampf- und Staubwolke aus der eingerosteten Maschine, und mit einem sirrenden Geräusch begann sie zu arbeiten. Es war aber kein einfacher Lichtstrahl, der durch die Kuppel hinaus in die Nacht und über das Meer strahlte, sondern ein wunderschöner farbenprächtiger Regenbogen.

Und sollte es in dieser Nacht noch andere schlaflose Wanderer in den Dünen gegeben haben, dann hätten sie zwei winzige Gestalten in purer Lebensfreude über einen märchenhaft schönen, von innen heraus leuchtenden Regenbogen tanzen sehen können.

Als Kevin in seinem Zimmer auf der kleinen Insel erwachte, tastete er sofort nach dem kleinen Mondstein. Er war noch da, und sein Heimweh war einer beruhigenden Zuversicht und Leichtigkeit gewichen. Nach dem Frühstück wollte Kevin seinen Traum sofort in sein Tagebuch schreiben. Zu seinem Erstaunen stand dort unter dem Datum bereits eine Eintragung:

„Hallo Kevin, du kannst lieben und du kannst träumen und du kannst auf dem Regenbogen tanzen! Deine

Märchenfee Rhenina." Darunter klebte eine kleine Locke knallroter Haare.

Unsere kleine Geschichte könnte nun hier eigentlich zu Ende sein, denn alles scheint ja in bester Ordnung. Kevin hat kein Heimweh mehr, und das Leben geht wieder seinen gewohnten Gang.

Aber wie so oft im Leben ist eine Geschichte selten wirklich zu Ende.

Die Begegnung

Die junge Frau schaute in den Spiegel. Ihre langen blonden, etwas krausen Haare reichten ihr bis über die Schultern. Die Augen, in die sie sah, waren strahlend blau und von geheimnisvoller Tiefe.

Alina musste lächeln: Ihre Augen hatten schon so manchen jungen Mann aus der Fassung gebracht. Mit ihren fast dreißig Jahren besaß sie einen makellosen Körper und sie war mit sich eigentlich ganz zufrieden. Wenn da nicht immer diese unerklärliche Unruhe in ihr aufsteigen würde. Tagsüber im Geschäft konnte sie sich dann kaum auf ihre Arbeit konzentrieren, und in der Nacht fand sie keinen Schlaf. Eine merkwürdige Spannung knisterte in der Luft, und oft geisterte sie in diesen Vollmondnächten durch ihre Wohnung und sah aus dem Fenster, hinunter auf die kleine Kirche und den Ort, sah im Kühlschrank nach, ob noch eine kleine Nachtmahlzeit zu finden war, oder sie schaute in den großen Kristallspiegel in ihrem Wohnzimmer. Eine alte Zigeunerin hatte ihr diesen Spiegel vor einigen Jahren mit den Worten verkauft: „Jeder Mensch hat sein eigenes Märchen. Es ist das Märchen des eigenen Lebens. Dieser Spiegel wird dir eines Tages helfen, es zu finden."

Wenn sich Alina in diesem Spiegel in die Augen sah, wurde sie ruhiger, und nach einer Weile konnte sie dann auch einschlafen.

Heute aber, es war wieder eine Vollmondnacht, ließ sie der Blick in den Spiegel nicht los. Eine fast magische Anziehungskraft ging von ihm aus. Alina konnte die Augen nicht abwenden und wurde noch unruhiger. Ein leichter sirrender Ton lag plötzlich in der Luft, so, als würde die Luft selbst diesen Ton hervorbringen. Oder war der Ton die Luft? Ein schwaches, aber deutlich wahrnehmbares, bläuliches Leuchten um Alinas Gesicht und Haare ließ nun Panik in ihr aufkommen, denn gleichzeitig konnte sie sich nicht mehr bewegen. Ihr Herz schlug heftig und schnell. Sie spürte es bis in den Hals. Atmen konnte Alina noch, und wie sogar! Durch das schnelle Ein- und Ausatmen wurde ihr ganz schwindelig. Der Rahmen des Spiegels wurde zu ihrem Entsetzen langsam durchsichtig und verschwand. Ihre weit geöffneten Augen starrten in eine nun riesige Spiegelfläche. Ja, ihr Spiegelbild war total klar und deutlich, so dass Alina glaubte, sich selbst gegenüber zu stehen.

Der vorsichtige Versuch, sich zu bewegen gelang erstaunlicherweise. Mit einer Hand berührte sie vorsichtig die vermeintliche Spiegelfläche und erschrak, denn durch ihre Berührung entstanden kreisrunde Wellen, als hätte sie die ruhige Wasseroberfläche eines Bergsees berührt. Im selben Moment wurde ihr schwindelig, und sie verlor das Gleichgewicht. Eine gewaltige Kraft sog die junge Frau nun in diesen See aus klarem Kristallwasser. Dies geschah mit einem so heftigen Ruck, dass sie glaubte, aus ihrem Körper gerissen zu werden. Glücklicherweise verlor Alina dabei das Bewusstsein.

Als sie wieder zu sich kam, blickte sie in einen richtigen Spiegel. Völlig ruhig und gefasst bemerkte sie, dass sich ihr Aussehen verändert hatte.

Die krausen, blonden Haare waren ganz kleingelockt und dunkel – fast schwarz, genau wie ihre Augen, und das Gesicht hatte etwas andere, aber nicht weniger hübsche Züge angenommen.

Auch die Umgebung hatte sich verändert. Sie sah sich um. Der Raum, in dem sie sich befand, musste der einzige Raum einer alten Hütte sein.

Überall brannten Kerzen, und in der Ecke knisterte ein Kaminfeuer. Unzählige alte Decken und Kissen lagen auf dem Boden zwischen Büchern, alten Gefäßen und Schachteln mit geheimnisvollem Inhalt. Sie saß auf dem Boden, vor ihr ein uralter Spiegel und ein Krug mit blutrotem Wein. „Oh nein!", murmelte sie vor sich hin. Sie wusste plötzlich genau, wo sie war und vor allem, wer sie nun war.

Bestimmt ein dutzendmal hatte sie bei Vollmond immer denselben Traum gehabt, und nun befand sie sich mitten in „ihrem" Traum. Aber es gab einen entscheidenden Unterschied. Alles wirkte so real. Sie konnte alles anfassen und ganz bewusst und klar denken. Sie griff nach dem Weinkrug – er war echt. Ihren Traum kannte sie nur zu gut und wusste, was nun geschehen würde. Gleich würde es an der Tür klopfen, und ihr lang erwarteter Gast, ein netter junger Mann, würde kommen. Sie würde, wie schon so oft, die Tür öffnen und ihn freundlich hereinbitten. Sie hatte so lange auf ihn gewartet und wusste genau, dass er in dieser Nacht kommen würde. Und so geschah es.

Lächelnd bat sie ihn hereinzukommen und sprach mit dunkler Stimme: „Du hast lange gebraucht, um mich zu finden, aber ich wusste, dass du heute Nacht kommen würdest."

Der etwas schüchterne junge Mann sah sie erstaunt an. Sie aber lächelte herzlich, nahm ihn bei der Hand und führte ihn in das Innere der Hütte. Mit einer einladenden Geste bedeutete sie ihm, sich zu setzen. Beide saßen sich nun auf dem Boden gegenüber. Ihre Blicke trafen sich, und sie sagte:

„Ich bin Kyra und dein Name ist Kevin, aber unsere Namen sind unwichtig, denn wir trugen bereits viele Namen, und man wird uns noch viele Namen geben."

Diese Worte kamen ihr, ohne dass sie deren Sinn richtig verstand, so über die Lippen, als hätte ein anderer sie gesprochen.

Kyra betrachtete Kevin genau. Er gefiel ihr und sie wusste, dass sie ihn schon sehr lange kannte. Er sah noch immer wie hypnotisiert in ihre tiefdunklen Augen und konnte kein Wort sagen. Seine Hände waren es, die ein unendlich wohliges Gefühl der Geborgenheit in ihr wachriefen. Ja, diese Hände kannte Kyra, und sie wusste, dass sie mit diesen Händen nur Gutes erlebt hatte. Aber die beiden Menschen in der einsamen Berghütte konnten nicht sagen, woher sie sich kannten, und beide hatten etwas Hilfloses in ihrem Blick. Als Kyras und Kevins Hände sich berührten, lag plötzlich wieder dieser leise sirrende Ton in der Luft, und eine elektrisierende Aura erfüllte den Raum.

Dann war es, als schlösse sich langsam eine unsichtbare Kugel um Kyra und Kevin...

Kyra trug an einer kleinen Goldkette zwei kleine seltsam bläulich schimmernde Steine um den Hals, und als sie sich am nächsten Tag, die Sonne stand schon hoch am Himmel, verabschiedeten, legte Kyra einen der beiden Steine liebevoll in Kevins Hand. „Es ist ein magischer Mondstein", erklärte Kyra ihm. „Bei Vollmond können sich unsere Seelen durch die Hilfe dieses Steines berühren."
Nachdem Kevin den Bergweg hinunter gefahren war, betrat Kyra sehr traurig wieder ihre kleine Hütte auf dem Felsplateau, denn, obwohl sie sich endlich wiederbegegnet waren, mussten sie sich wieder trennen. Das Schicksal wollte es so.
An dieser Stelle klingelte normalerweise immer ihr Wecker, und sie erwachte dann schweißnass aus ihrem Traum. Aber die Hütte, der Raum, das zerwühlte Lager der wildesten, zärtlichsten, aufregendsten und innigsten Liebesnacht, der erloschene Kamin – ja und der seltsame Spiegel, alles war noch da.
Da sie nicht wusste, wie es nun weitergehen würde in ihrem Traum, setzte sich Kyra wieder auf den Boden und sah in den Spiegel, in der Hoffnung, durch ihn zurück in ihr Wohnzimmer und ihren Körper zu gelangen. Doch nichts geschah.
„Du kannst noch nicht zurück!", hörte sie eine freundliche, helle Stimme hinter sich. Kyras Nackenhaare sträubten sich, und mit einem gehörigen Schreck fuhr

sie herum und blickte mit weit aufgerissenen Augen und Mund in das belustigt lächelnde Gesicht eines jungen Mädchens mit knallroten, etwas struppigen Haaren.

„Ich bin Rhenina", sprach sie ruhig weiter. „Ich bin so etwas wie eine ganz persönliche Märchenfee, und ich muss aufpassen, dass die beiden Wesenheiten, welche einander Schicksal werden sollen, sich im Märchen ihres Lebens nicht zu früh wiederbegegnen. Kyra und Kevin – Kevin und Kyra. Ihr kennt euch schon lange und ihr werdet euch wiedersehen. Ihr seid eigentlich eine Wesenheit, aber das werdet ihr noch lange Zeit nicht verstehen können."

Kyra verstand wirklich nicht so recht, lächelte ihr aber dankbar zu. „Der Spiegel wird dich nun zurückbringen in dein Leben und in deine Welt, in der dein Name Alina ist. Hab keine Angst, ich werde immer in der Nähe sein."

Kaum hatte Rhenina diese Worte gesprochen, da wuchs der Spiegel zu einer alles einnehmenden Fläche. Kyra berührte sie, und mit den kreisrunden Wellen, die durch die Berührung entstanden, wurde sie in ihre Welt zurückgespült. Mit einem ohrenbetäubenden Knall zersprang der Spiegel in Milliarden winziger kleiner Splitter aus Sternensand, die sich im Universum verteilten. Das letzte, was Kyra sah, bevor der Spiegel zersprang, waren ihre wunderschönen, dunklen Augen. Diese Augen waren so endlos wie das Weltall, und Tausende kleiner Sternchen funkelten darin.

Alina erwachte in einem kleinen Zimmer. Es dauerte eine ganze Weile, bis sie sich dort überhaupt wieder einigermaßen zurechtfand. Sie war gar nicht zu Hause! Richtig! Sie hatte ihren Resturlaub zu einer Reise auf die kleine Insel im Meer genutzt, und das Zimmer, in dem sie nun nach diesem seltsamen Traum, der keiner gewesen zu sein schien, erwachte; war ihr Zimmer in der kleinen Pension.

Sie tastete mit ihren Fingern nach der Kette mit dem Mondstein. Sie war noch da!

Nach einer erfrischenden Dusche ging Alina gut gelaunt hinunter zum Frühstück. Heute war leider ihr letzter Urlaubstag auf der Insel. Zu dieser Jahreszeit befanden sich hier noch nicht viele Gäste. Alina nahm die Mittagsfähre zum Festland. In Gedanken versunken saß sie an der Reling und sah hinaus auf das Meer. Die Überfahrt würde noch eine ganze Stunde dauern, und so beschloss sie, unter Deck einen Kaffee zu trinken.

Die Cafeteria der Fähre war im Sommer während der Überfahrten zur und von der Insel immer voller Menschen. Heute saß dort am Fenster nur ein junger Mann und rührte in seinem Kaffee. Als Alina zur Getränketheke kam, fragte ein rothaariges Mädchen freundlich und ein wenig listig grinsend: „Na, auch einen Kaffee?" Alina nahm den Kaffee, immer noch ganz in Gedanken, und steuerte auf die Tischreihe am Fenster zu, sorgsam bedacht, den Kaffee nicht zu verschütten.

„Würden Sie sich zu mir setzen?", riss sie die sympathische Stimme des jungen Mannes aus ihren Gedanken. Ihre Blicke trafen sich, und beide lächelten irgendwie erleichtert. „Ja, gern", antwortete Alina. „Wie lange waren Sie auf der Insel?"

„Ach, nur fünf Tage", entgegnete der Mann. „Ich komme jedes Jahr um diese Zeit hierher."

Er konnte den kleinen Stein an ihrer Kette nicht sehen, denn er war von ihrer Kleidung verdeckt, und Alina konnte nicht sehen, dass er den gleichen Stein an einer Kette trug, die durch seinen Pullover verdeckt war.

Das rothaarige Mädchen kam und brachte den beiden noch ein paar Kekse zum Kaffee und grinste zufrieden, weil niemand sie zu erkennen schien.

Die beiden Menschen, die dort unten im Bauch des Fährschiffes ihren Kaffee tranken, begannen eine angeregte Unterhaltung, und Rhenina hinter der Getränketheke dachte, was wohl geschehen würde, wenn sich die beiden von ihren Träumen und Erlebnissen erzählten, oder er einen winzigen Augenblick zu lange in ihre großen, tiefblauen Augen schauen würde? Rhenina band ihre Schürze ab und verschwand, wie sich das für Märchenfeen gehört, unbemerkt in einer nach wenigen Augenblicken ebenfalls verschwindenden Wolke aus flimmernden Sternensandkristallen.

Epilog:

Die Radiosendung Literaturcafé neigte sich wieder mal ihrem Ende zu. Die freundliche Moderatorin verabschiedete sich von allen Hörerinnen und Hörern und startete die letzte Musik vor den Nachrichten. Als sie zusammen mit ihrem Kollegen das Studio verließ, war es draußen schon dunkel. Es war recht windig und die Blätter fielen von den Bäumen an diesem irgendwie seltsamen Herbstabend.

Auf dem Weg zum Parkplatz mussten sie durch einen kleinen Park. „Kannst du dich noch an die Geschichte mit der Kugel erinnern, die du vor einem Jahr im Radio vorgelesen hast?", fragte sie etwas unsicher.

„Du meinst die Geschichte der beiden Menschen, die vor ihrem Leben zusammen in einer Kugel aus Licht gesessen haben und sich dann im Leben verzweifelt suchen, weil sie zusammengehören?"

„Ja...", sagte sie mit leiser Stimme. „Wie könnte ich diese Geschichte jemals vergessen? Und meinst du...", sagte sie nun noch zaghafter.

Sie konnte den Satz nicht beenden. „Na, du weißt schon – die Sendelücke damals... ich hatte dabei so ein merkwürdig vertrautes Gefühl in mir..."

„Ja, das gleiche Gefühl hatte ich auch, aber ich glaube nicht, dass wir zusammen in einer Kugel gesessen haben", sagte er ruhig, war sich aber nicht sicher, was seine Worte betraf. Ob sie es bemerkt hatte? Und ohne eine Reaktion abzuwarten sagte er schnell: „Irgendwie kann das doch nicht sein, denn wenn es so wäre, dann warst du entweder viel zu lange in der Kugel oder ich bin viel zu früh raus... und überhaupt... ich weiß nicht..."

Schweigend fuhren sie dann los. Als er sie zu Hause vor ihrer Wohnung absetzte, verabschiedeten sie sich wie immer sehr herzlich. Er sah ihr nach, bis sie im Hauseingang verschwunden war und dachte bei sich: „Kugelgeschichte hin, Kugelgeschichte her, es war nicht so wichtig", er wusste nur, dass er froh war, dass es sie gab, denn es gab etwas sehr Vertrautes zwischen ihnen, etwas, was schon Jahrtausende da war... Und ganz gleich, was auch immer geschehen würde und wohin es sie auch treiben würde, er wusste auf eine geheimnisvolle Art und Weise, dass sie zu sei-

nem Leben gehörte, und das war ein gutes, beruhigen-
des Gefühl.

Das Lied des Seins

Manchmal sitze ich an einen großen Stein gelehnt
Am Ufer des Sees
Über mir ein leuchtender Sternenhimmel
Nicht immer ist Frieden in mir
Aber in den wenigen Augenblicken
Vollkommener Stille
Kann ich sie hören
Kann ich sie fühlen
Sie kommt von den Sternen
Aus den Tiefen der Erde
Aus den Steinen
Aus uralten Bäumen
Und vibriert in meinem Herzen, wenn ich hilflos bin
Die stille und doch machtvolle
Große Musik des Seins singt ihr Lied
In diesen Momenten ist alles mit allem verwoben
Auch kleinste Dinge ergeben einen Sinn
Nichts geschieht zufällig
Zuversicht ist in mir
Die Sterne weben zu dieser Musik
Ihr uraltes Muster aus Raum und Zeit
So war es immer schon
Wir haben nie darüber gesprochen
Aber wenn ich dich ansehe
In deine Augen sehe
Weiß ich, dass du diese Musik auch
Manchmal hören kannst.

Theo Gremme

„Der Rest ist Schweigen…"

William Shakespeare, Hamlet, 5. Akt, 2. Szene

Der Film Ta` Saghi

Eine fantasievolle Version der Geschichte *Ta` Saghi* von Heinz-Theodor Gremme wurde von dem bekannten Naturfilmer Robin Jähne in einem einzigartigen Video-Hörbuch verfilmt. Der Film kann bei Robin Jähne bestellt werden:

Naturfilm Robin Jähne
Wellnerweg 16
32760 Detmold
naturfilm@robinjaehne.de

DVD: 12,00 €
VHS: 17,00 €
Preisänderungen vorbehalten